星神魔女

－銘刻＊星點中的微

－ Counting on Love 08 －

淚君兒

皇甫世家大小姐。
個性認真堅強，有些固執，
決定目標就永不放棄，夢想是能夠自主人生，
卻隨著年紀增長與命運不可違逆的軌跡而踏上
解開身世之謎的旅程。
「以靈魂宣示，總有一天，我要靠自己的力量，
走出這個華麗的牢籠！」

戰天穹

皇甫君兒的保鑣。
因為族人的託孤，以及自身的詛咒，他應徵保鑣，
進入皇甫世家，找出君兒身上的秘密。
「這究竟是巧合，還是命運的安排？
為什麼擁有『星星之眼』的存在會是你託付的對象？」

牧非煙
終焉魔女——力量凝聚體。
因為自身的力量強大，
所以對這世上所有一切抱持著藐視感。
只重視自己認定的人。
「只要能達成目的，
我可以為此做出一些違反道德理念的事情！」
巫賢
別稱：白金魔神。
舊西元時期創造符紋的瘋狂科學家。
上古巫族的最後一代傳人。
標準的妻奴兼女兒控。
「我的夢想就是——有一天能親手把女兒的丈夫給殺了！」

目錄
INDEX

銘刻於星點之中的奇蹟　隱藏在光輝之中的微火
無數的軌跡連往無數個未來
尋覓、探索、盼求
心中期許的那份願望　靈魂渴求的那份自由
執念的光火指引希望的到來
過去、現在、未來
只求超越宿命　只為終結悲劇
變革命運　扭轉既定結局——

Chapter 147

最後一次爲王

靈風獨自一人站立於沉睡在神陣核心中的君兒身旁，默默的注視著她。

君兒的臉色有些蒼白，睡顏如同單純的嬰孩一樣安詳。

「抱歉，笨蛋妹妹，結果我還是沒能夠保護妳。」靈風的語氣有幾分愧疚、幾分沉痛。他抬手輕觸君兒冰涼的臉頰。

此時的君兒因為失去了靈魂，身體被放置於神陣中心勉強維持機能，可隨著靈魂離體的時間越長，她的身體終究還是會慢慢衰弱、死去。

「我真是個不合格的騎士……」靈風呢喃著歉意，同時感覺到自己的生命力正流向神陣中心沉眠的少女。神騎契約本來是掠奪他的靈魂力量用於治療君兒的靈魂傷勢，但君兒的靈魂不在此處，契約便自然而然的挪用他的生命力來維持君兒身體的生機。

現在的他擁有了未來的力量，儘管不知道自己究竟會付出什麼樣的代價，但他終於擁有了能夠與靜刃匹敵的能力。然而，卻沒辦法保護他想要保護的人。

君兒對靈風而言，是和靜刃一樣重要的存在。

他的雙生哥哥已經捨下了他，那麼他就只剩下等同於妹妹一樣的君兒了。只是沒想到卻……

就在靈風看著君兒沉思之時，背後傳來了沉穩的腳步聲。靈風不用回頭就知道是誰來了。

「抱歉，再給我一段時間就好，等等我就要回族裡了，之後你有的是時間陪陪君兒……對了，老大的情況怎麼樣了？」靈風頭也不回的問道。

戰天穹的聲音傳了過來，語氣有著久違的輕鬆，他簡短的轉述卡爾斯的情況：「卡爾斯的情況已經穩定下來了，他當時被靜刃重創，失血過多，再加上他的血型特殊又帶有劇毒，在沒辦法輸血的情況下只能依靠他自體的生命力復原，方才他有醒來一段時間，不過很快又昏迷了過去。」

「這樣啊，但這也表示老大開始好轉了。」靈風的語氣帶上了幾分喜意，至少老大還活著，雖然受了重傷……可是，為什麼？以靜刃的能力，明明能夠直接殺死當時在場的所有人以及卡爾斯的，為何只是重創了卡爾斯卻沒有奪走他的性命？

靈風並不否認，一開始自己因為君兒被奪去靈魂以及卡爾斯的重傷，而被靜刃的舉動激起了怒氣，可現在他已經冷靜下來，不由得思考起這其中蘊藏的意思。但他終究不是靜刃，猜不透靜刃的想法，這令靈風感覺有些挫敗。

又過了一段時間之後，靈風才轉身走出神陣核心，將目光落在等候在一旁許久的戰天穹身上。

「鬼大人，我先回族裡宣布事情了。等一切都準備就緒要出發的時候，我會再聯繫你們。」靈風丟下一句話，運用燃燒未來換取而來的星域級力量撕開了空間，轉瞬離開。

戰天穹沉默的來到了君兒身旁，目光變得溫柔。這段時間他變得比過去更加沉默，旁人可以感覺得出他是在壓抑自己的心情。只是他習慣隱忍情緒，也不願在除君兒以外的人面前表露真實，所以他寧願自己承擔心中的那份苦。

戰天穹愛憐的抬指輕觸君兒的眉眼，為她順了順有些凌亂的黑髮，然後俯低身子，在君兒那微涼的唇上輕輕落下一吻。

「……抱歉，君兒，我們的婚禮可能得延後了。巫賢計算出了星辰淚火將會提前的訊息，就算我和靈風能趕在星辰淚火降臨前將妳的靈魂帶回來，恐怕接著就要面對魔女的覺醒時刻以及與龍族的正面對決了……這一次沒辦法如期為妳舉辦一場婚禮，但往後我一定會補償妳。雖然我現在不在妳身邊，但我一定會想辦法帶妳回來的！」戰天穹傷悲的說道。

等候了千年，才終於有那麼一個人走進了心底；盼望了那麼久，才終於有一個人能夠抵禦自己身負的詛咒給予一份溫暖的擁抱──然而，對他如此獨一無二的存在卻被奪走了靈魂，此時猶如死去了一般……

戰天穹最後看了君兒一眼，然後起身離開。就在他背對君兒之時，眉眼間染上了森森殺氣。無論靜刃奪走君兒靈魂的理由為何，但傷了君兒就是重罪！若非靈風苦苦哀求一定要將靜刃留給他面對，否則戰天穹絕對會親手了結靜刃的性命！

「君兒，等我！這一次，我會去接妳回來——」

＊＊＊

新界・永夜之境

靈風回到了族中，下令要族人集合於母樹之前，他有重要的事項要宣布。

大長老早早就來到了他身邊，沉默的注視著髮絲拉長，背影更加挺拔的靈風。

……原來那個禁術「遙久之刻」，還能讓人擁有屬於未來的自己的氣質？

眼前的靈風不同於以往，多了幾分沉穩與嚴肅；但還是有著往常的瀟灑。

未來的靈風，將會是一位最完美的精靈王。大長老如是想著，不過隨後卻嘆了一口氣，自己怎麼還這樣想呢？靈風明明說過不再想當精靈王了。或許，靈風此時的樣貌，是未來那位已不再為王的靈風獨有的風格特色吧。

靈風忽然問道：「大長老，你有和其他長老提過我要向族人宣布的那件事嗎？」

「嗯，除了與我熟悉的長老是站在我們這一邊的，大部分的長老都不同意。我概略探聽了一下他們的口風，與我熟悉的那幾位長老，他們也同樣覺得王的職位對於族群似乎沒有那麼重要，大家都認為族人如果放下對王的依賴，可以替族群帶來更多的成長。但我沒辦法說服那些不認同的長老，這只能由靈風你自己去說服他們了。」

「我沒必要說服他們。」靈風語氣平靜的說道：「我只是要做出選擇而已，至於他們怎樣看待這個決定，是他們的事情。如果連一點判斷能力都沒有，那麼我想，這個族群就算還有精靈王支撐，千年以後也會被大環境淘汰掉。」

大長老因為靈風的發言而愣住了。

此時，其他長老開始聚集在母樹之前。

有長老一到場就對靈風提出諫言：「王，忽然決定要與神眷一族開戰是否太倉促？」

靈風臉上沒了笑容，這是他第一次不再用那副總是溫和的容貌對待旁人。失去笑容的他，帶給人一種無形的壓力。

「要知道，魔女牧非煙協助我們治療母樹傷勢的代價，就是要我們保護另一位魔女。靜刃殺了那位魔女，面對他這樣明目張膽的挑釁，如果我們一族還沉默以對，只怕會被神眷一族見笑了。還是說，長老你也贊同靜刃殺死我應當守護的魔女，是件妥當又應該的事情呢？」

靈風犀利又尖銳的話語堵得長老無話可說。

「可是，王……」另一位長老接著諫言：「突然要全族人都加入戰爭，這不是等於將我們的護衛力量完全抽離新界嗎？這樣人類不會趁虛而入嗎……要知道，雖然我們分享了一些資源，但人類卻貪婪的想要得到更多我族私有的資源，已經不止一次有族人反應有人類私闖我們的禁地了。我擔心如果我們全族參戰，人類會趁著我族防備虛弱的時候趁機占領一些資源處，甚至是縮減我們的領地。就怕我們到時候戰勝回歸，也將要面對貪無止境的人類……」

靈風感嘆出聲：「你說的我都知道，這就是我之所以要全族人加入戰爭的其中一個理由。你覺得，我們族人在人類世界與人類的相處如何？我們跟人類相處融洽嗎？而人類又是如何看待我們的？你們親自接觸人類以後，對於這個族群有什麼看法嗎？就算我們最後戰勝了神眷一族，但我們能在未來與人類和平共處嗎？」

「按照人類的歷史進程與該種族對待異族的態度，相信不久之後就會演變成我們永夜一族與人類的全面開戰……而且，你們覺得，已然停止成長的我族，有多少機率可以戰勝那無時無刻都在成長進步的人類族群？」

連續好幾個提問讓長老一時間愣是答不出話，但靈風很有耐心的等待著他的答覆。而面對著靈風與以往不同的耐心，長老感覺到很大的壓力。

大長老輕咳了聲，出聲打圓場和緩氣氛：「由我來回答好了。老實說，儘管我們在第一時間向人類釋出善意，但絕大多數的人類還是對我族存有敵意。人類世界有句諺語是這樣說的：『非我族類，其心必異』……很遺憾的，無論我族的族人在人類世界表現的多麼友善，我們與人類不同的尖耳和光翼，還是讓人類用異樣的眼光看待我們。」

「大部分與人類接觸過的族人也覺得人類非常不友善，經常會因為我們的精靈身分，而將我們與神眷一族相提並論，交易與進行任務時經常受到人類的刁難與妨礙，雖然我們精靈一族的手工藝品與科技技術很受到歡迎，但那也僅限於表面。」

「並不是說人類之中沒有友善的人們，但只有極少數的人類願意與我們平等相處，大部分的人類還是因為那幾千年前與女神一起背離我們的神眷一族，連帶將我們列為『異族』，而不是看作同盟……」

有了大長老的起頭，那位原本回答不出問題的長老終於有了勇氣開口。

「咳咳，很多族人覺得人類是一個非常可怕的族群……他們破壞自然、濫殺動物、不停的開採資源用來滿足自己的欲望，也無法理解我們一族『與自然共生、與萬物共存』的理念。其實不止一次有族人跟我埋怨無法與人類共處的情況。再加上羅剎大人已經解除『永夜之境』的封鎖，如果有人類想深入我們的領地內部是輕而易舉，當他們看見這片土地蘊藏的豐饒資源以後，人類與生俱來的掠奪心可能會導致一些無法預測的事情發生……」

聽到這裡，其他幾位本來想要加入討論的長老，也都沉默了。

靈風仰頭看向母樹的枝葉，突然又問了一個與話題不相干的問題：「母樹自從孕育我和靜刃以後，又誕生了幾位族人？」

「……十位不到。」一位長老囁嚅道。

靈風的語氣變得嚴肅，繼續說了下去：「我和靜刃誕生至今也要一千年了，這段期間母樹孕育新生精靈的速度僅僅只有族群最巔峰時期的二十分之一，幾乎可以說是完全停滯，難道你們還不懂這代表著什麼嗎？母樹因為受過創傷，所以孕育新生精靈的速度大幅下跌，這意味著精靈族的死亡率高於出生率，代表著當現有的族人一個個老去、死亡後，我們族群在未來將會漸漸失去戰力，進入衰亡的階段！可你們知道新界上每天有多少嬰兒誕生嗎？人類一天誕生的嬰兒，幾乎是我們一族所有人加總在一起的數字！再這樣下去，遲早我們會成為弱勢的一方！」

長老有些扭捏的辯解道：「但人類的壽命沒有我們精靈族漫長，平均實力也不如我族的人強大，我們和人類的差別就如同『永夜之境』的幽影虎和草根鼠一樣。」

「永夜之境」的幽影虎是數量最少、實力最強的魔獸，卻也是繁殖最困難的魔獸種族；相較於幽影虎，草根鼠是最弱小卻繁殖數量最快的小型魔獸。

這時，靈風白了那位長老一眼，冷笑出聲：「別忘了，『永夜之境』外頭的那群幽影虎，已經在人類探險團的討伐下絕種了喔！相反的，草根鼠還活蹦亂跳得很。你是在暗示什麼嗎？」

長老神情一僵，不再答話了。

面對這些再沒了意見的長老們，靈風搖頭嘆息了聲，對他們似乎還沒認清局勢感到有些無奈。

「人類是個很可怕的族群……他們雖然弱小，卻擁有我們望塵莫及的成長性，看看他們這五、六千年累積下來的守護神數量就知道了。除去我勉強是用禁術擁有了星域級的實力，還有另一位精靈王靜刃也擁有星域級的實力，族裡還有誰邁入星域級了？」

「我們的族人在完全成熟時，是能夠直接擁有星界級的實力沒錯，但卻永遠舉足不前了！只要來超過三名以上的人類守護神，或者是人類世界半數的星界級強者，就可以直接把我們這一族全滅！這是一個很殘酷的事實，你們還不肯認清嗎？不要再將我族的天生優勢當成一種讓你們忽略危機的藉口！」

靈風嚴聲提醒，讓幾位長老蒼白了臉色。他這番直白剖析族群形勢的話語，如同一道驚雷震撼了長老們的內心。

聯想到在人類世界處處受到排擠限制的情況，長老們各個低下頭來，不發一語。

族群與生俱來的優勢和強勢，讓他們有些迷失了自我，總妄想著精靈一族能夠重回以往的輝煌，重新統治這片大地。但人類早已成了這個世界的霸主，不可能允許新的種族在這裡重啟輝煌，那只會招來新的戰爭而已。

每天都在成長進步的人類，以及停滯成長許久的精靈一族，誰勝誰負已經有了明確的答案。

「我很失望……也終於明白了靜刃要背叛我們的理由。」靈風的語氣變得落寞，「族人對王的依賴心太重了，重到沒有王就不懂得如何前進，重到失去了自我成長的意志……曾幾何時，王的存在成了族群進步的阻礙？讓族人只懂得依賴，而無法獨立自主的做出選擇？」

一位長老反駁道：「但，王的存在不就是為了守護族群嗎？」

「王的存在是為了協助族群的成長，在必要時提供指引，但當王本身成了成長的阻礙，那……」靈風沒有把話說完，卻已讓長老們明白他內心的真實想法。

長老們紛紛跪到了靈風身前，人人臉上皆是驚慌。

「王，請不要捨棄我們！」

「我們仍需要王的指引，請不要那麼說！」

「靜刃大人已經捨棄我們了，族群不能再失去您了！」

「王，同樣身為精靈的一員，您難道打算放任族群自生自滅嗎？」

有人動之以情，有人曉之以理，然而靈風始終無動於衷。

這時，母樹周遭聚集的族人漸漸多了起來，有人見到長老們跪在靈風身前，誤以為是長老們犯了什麼大錯正在接受靈風的責罰。

「好了，站起來。」靈風的眼神只剩下冰冷，語氣同是。「你看看你們現在的樣子，將我們精靈一族的驕傲丟到哪裡去了？我們不是與自然共生，自在優雅的永夜精靈一族嗎？如果連自己的驕傲都可以隨隨便便捨棄，隨意就向王低頭懇求依賴依靠，那麼這樣的族群毀去也罷！都給我站起來，不要讓族人見笑！」

隨著靈風的冷喝聲，長老們顫顫巍巍的站起身子，轉身面對等候在母樹周圍的族人們。

看著三三兩兩聚集的族人，靈風對族人的散漫感到了無奈。自從靜刃割捨他那一部分的權能以後，族人對他這位沒有繼承王者記憶的王的能力與命令產生了質疑，並開始反彈且心生抗拒。

儘管靈風明白，若族群能不再依賴王是件好事，這是族群獨立與自由的開始，然而卻還是讓他有種挫敗感。

靈風在此時終於面對了族人，張口便說出了猶如重磅彈一般沉重的消息：「我以最後一任精靈王靈風．影翼的名義在此宣布，強制勒令全體族人加入對神眷一族的戰爭，並且進行集體遷移！」

沉默持續了一段時間以後，族人們開始騷動了起來。

「什麼？！」

「為什麼是我們要遷移而不是人類？」

「既然我們也要加入戰爭，為什麼要我們離開生存許久的世界？明明那些人類才是外來者！」

族人們議論紛紛，慌亂與質疑的聲音四起。

「由長老們向你們解釋吧。」

靈風讓出了位置，而大長老在此時站到了靈風本來的位置上，將他先前和靈風討論好的說詞轉述而出。

從自族與人類的優點缺失分析起，到永夜一族在人類世界四處受挫的情形、母樹孕育新生精靈

的衰微情況反映族群的停滯不前，以及過度依賴王的情形……大長老以沉穩平順的聲調說出了靈風之所以會做出這樣選擇的無數理由。

然而那些理由，仍舊無法讓精靈們接受必須離開家園的這件事。這裡是他們生長了千萬年的地方，為何要將此地拱手讓給人類？！

「我不要走！」

「我也是！」

「這裡是我們的家，我不要遷移！」

「而且遷移又能遷往哪裡？和那些被神靈眷顧的族人住一塊嗎？」

面對族人的拒絕聲浪，靈風忽然暴吼一聲：「都給我住口！」

那僅存一半的王者威壓發揮了效用，讓精靈們皆閉上了嘴。

「如果放到過去，王的決定不會有任何族人質疑，但你們看看現在，我的決定惹來多少的反駁？王在你們心中還有意義嗎？你們心裡還記得對王的敬重嗎？」靈風面色不快的負手於身後，在母樹前方來回踱步。

「不要跟我說如果靜刃還在你們就不會這樣，知不知道就是因為你們什麼都要找靜刃，什麼都要拜託他，所以靜刃才會對於王的職責感到疲倦，最後才會背叛我們的！靜刃背叛我們不為了什麼，全都是因為他累了！」

「他累了！就因為你們將太多的責任與壓力加注在他身上，所以他最後狠心捨下了這份職責。我相信神眷一族那裡一定也亂成一團，但就算永夜一族還擁有我這持有一半王者權能的精靈王，我也絲毫感覺不到你們對王的尊敬與信賴，我只感覺到你們將我當成了依賴，當成了靠山，當成了面對選擇命運時的擋箭牌！」

「難道沒有王，你們什麼事都做不了了嗎？這一次我之所以會做出遷移族群這樣的命令，就是因為我擔心，若是我出戰靜刃，我會和他雙雙陣亡！這次的戰爭我已經做好可能會和他一同戰死的準備！但王要重生，需要千年甚至是更長的時間，這段期間若沒有新一任王者的領導，以你們對王的依賴，是不是就要束手無策的被人類滅族了？」

靈風的情緒很是激動，他一想到靜刃所背負的沉重，忍不住悲從中來。

最後，他穩下了聲音，內斂了心情，說出了最後的決定——

「這是我最後一次以王的身分命令你們——全族出戰神眷一族，同時舉族遷移，向漫漫宇宙尋求能讓我們精靈一族生長的一方天地。」

這將是他，或者該說精靈王最後一次為王的宣言了……

他知道這是一個極具衝突性的發言，但無論此生他和靜刃征戰的結果如何，他希望自己這只剩下一半的王者靈魂，下次重生之時不要再擔當王的重任了。

僅僅一世他就感到無比的疲倦，又何談漫長的輪迴呢？那好累……

Chapter 148

前因來由之始末

戰天穹才走出君兒沉睡所在的神陣核心房間沒多久，遠遠就在前方螺旋向上的階梯旁，看到了手持著一本金色書冊正在翻閱的白髮男子——巫賢。

戰天穹因為對方的出現冷下了一張臉。

巫賢見戰天穹走來，便闔上書冊，書冊隨後化作一道絢爛的符文光輝爾後消失。他冷漠的金眸掃了戰天穹一眼，語氣強硬的直言道：「跟我來。」

戰天穹赤眸冷冽，儘管不滿巫賢那帶著傲慢與不容置疑的語氣，卻還是跟上了對方的腳步。

兩人一前一後的走著，誰也沒先開口說話，氣氛顯得沉悶僵硬。

巫賢率先出聲打破了這份沉默。

他回過頭看著戰天穹，推了推自己的眼鏡，嫌棄的說道：「……不要以為煙兒認同你，我就會認同你了。就算找回了靈魂本體，你終究還是個瑕疵品。」

戰天穹強忍著聽聞「瑕疵品」一詞的怒氣，只是冷冷的瞪了巫賢一眼，沒有接話。他很清楚自己只要反駁，就會惹來巫賢更多的言語譏諷。這個男人幾乎將他視作眼中釘，無論是過去噬魂那時，又或是現在，都是如此。

巫賢哼了一聲，冷笑說道：「你比噬魂那傢伙聰明多了，至少懂得保持沉默。」

他轉過頭，沒讓戰天穹看見他眼中一閃而逝的隱晦情緒。

他正式接觸噬魂的靈魂本體戰天穹沒多久，卻可以清楚的辨別戰天穹與噬魂的不同。儘管戰天穹一開始時常會被他的言語激怒，但如今顯然他已經能夠壓制自己內心的憤怒——不單單只是他當初認識的靈魂碎片了。

「這一次找你不為別的，而是要告訴你這一切事情的前因由來……儘管融合了噬魂的靈魂碎片，但你應該還不清楚所有的開端與詳細經過。如果想要保護辰星，你首先得明白魔女究竟是什麼樣的存在。」

戰天穹語氣沉悶的回了一句：「是『君兒』，不是辰星，辰星已經不在了。」

巫賢陷入漫長的沉默之中，直到抵達神陣巨塔某層的醫療室前，他才在開啟門扉時，對著戰天穹淡淡的回了一句：「她永遠是我最疼愛的妹妹辰星，也是我最愛的女兒……君兒！」

巫賢此時的眼神中只有傷痛。

他從一開始，就錯過了伴隨君兒成長的機會。沒能參與養育照顧嬰兒時期的她，沒能陪著她長大，沒能聽見君兒喊自己一聲「爸爸」。就連牧辰星那時也是，面對那個放不下對他感情的女孩，巫賢只有滿心的歉意。

儘管自己做了很多努力，代價卻是必須血刃覺醒成終焉魔女的牧辰星。現在的他也錯失了保護新生君兒的機會……命運這東西，實在太難捉摸，就連能夠看見命運軌跡的他，也無法完全掌握這一切。

醫療室的門扉一打開，裡頭便接連傳來一女一男孩的喊聲。

「阿賢。」牧非煙一臉憔悴，卻還是對著巫賢強撐起一抹微笑。

「父親大人！」一旁的座位上，男孩模樣的羅剎本來靠在牧非煙身邊坐著，見巫賢到來立刻坐直了身子，臉上神情轉為正經。

巫賢淡淡的朝羅剎點了點頭，羅剎很識相的讓出了牧非煙旁邊的位置，然後挨著巫賢坐下。儘管巫賢對他有些冷淡，但羅剎還是一臉心滿意足的模樣。

一開始將羅剎製造出來，巫賢只當他是個工具；然而此次甦醒後，面對那已然產生神智的神陣，再加上羅剎的男孩模樣，讓巫賢想起了自己沒能給予君兒父愛的遺憾，情感的投射之下，巫賢對羅剎的態度逐漸變得和緩，不再如過去那般的冰冷殘酷。

也因此，那崇拜著創造出自己之人的羅剎，就在待自己如親生兒子般的牧非煙鼓勵下，開始學著人類孩子一樣，對著巫賢表示自己的親近與孺慕之情。

不知怎的，戰天穹看著巫賢一家三口坐在一塊的畫面，莫名覺得羨慕。他曾經很嚮往家庭和樂的畫面，然而他卻自己親手毀了一切。

「爹？」戰龍困惑的從醫療室裡探出頭來，不解戰天穹為何舉足不前。

戰天穹用略帶責難的目光瞪了戰龍一眼，這才跟著巫賢走進醫療室。然而這一次，他沒有再出言斥責戰龍對他的稱呼，不禁讓戰龍神情難掩飛揚。

醫療室裡頭，緋凰、阿薩特、蘭、紫羽都到場了，卡爾斯則是躺在一旁的治療儀裡頭，他還沒辦法離開治療儀，卻也是想要了解一切經過。

緋凰等人在知道巫賢有想要向戰天穹講述魔女由來時，基於與君兒的友情，他們堅持參與這次的談話——最後才將議事的場所選在醫療室中。

卡爾斯輕輕點頭向戰天穹打了聲招呼，此時的他還有些憔悴，但至少終於能夠維持清醒。而紫羽拉了一張椅子坐在治療儀旁照看卡爾斯，見戰天穹走進，也是彎起一抹略帶侷促的笑容來。

緋凰等人無聲的打了招呼，只是眾人臉上各自有著沉重。

戰龍招呼戰天穹的稱呼，不禁讓先戰天穹一步進入醫療室的巫賢沉下了臉。這段時間他從羅剎口中得知戰天穹的一些事情，自然包括了戰天穹有一位養子戰龍的消息……想當然，巫賢自然是不

給戰天穹兩父子好臉色看。

「你這瑕疵品連兒子都有了，還想拐騙我女兒？」

這是當時巫賢在知曉戰龍和戰天穹關係以後的第一句話。

戰龍知道君兒的父親竟然還存在於世時，也很是震驚。他隨後在自己養父和君兒父親巫賢那敵意十足的互動模式中，隱約猜出這兩名「長輩」互不對盤的情況。

為了要替自己養父向對方爭取一些好感，戰龍完全免疫巫賢的冷漠。他左一句「巫賢爺爺」、右一句「非煙奶奶」的口頭討好，再加上他那無論歷經多少白眼冷漠都未曾改變的爽朗笑容，竟是讓巫賢最後默許他這樣稱呼。

「噬魂，過來吧。」牧非煙靠坐在丈夫巫賢的懷中，招呼著戰天穹。此時的她儘管神色有些慘淡蒼白，卻並不驚慌，很顯然知道君兒此時的情況並不絕望。

「大家都坐下吧，有些事得讓你們知道了。靈風因為要先離開，所以我已經先和他說明了，只剩下你們了。」

戰天穹和戰龍接著落坐，這一次會議中，所有與君兒有關的人都到齊了。

巫賢抬手召出他那本金色封面的書冊，就在翻開書頁時，一串金色的符文轉瞬出現，包圍住了整間醫療室，在房間的牆面上浮現複雜的金色符文序列。

看著戰天穹皺起眉心，巫賢才懶洋洋的解釋道：「這是為了防止宇宙窺視的一種技巧……對了，你們應該不知道，真正與我還有魔女為敵的，是這整個宇宙吧？」

「整個宇宙？」戰龍一愣，顯然不曾聽過這樣的說詞。

緋凰幾人更是一臉驚愕。他們知道君兒的魔女身分，但對巫賢的了解僅僅處在實力強大以及身為君兒的父親這件事上，更不曉得究竟是什麼一直在制止君兒實現夢想。如今一聽巫賢的解釋，他們多少了解君兒魔女身分的背後，恐怕大有內容。

戰天穹緊鎖劍眉，等待著巫賢的下文。自從與噬魂融合過後，雖然他知道牧辰星是需要執行毀滅任務的「終焉魔女」，卻並不了解魔女為何存在，又為何命運會選上牧辰星。

「這要從『宇宙』是怎樣一個存在開始說明了。」巫賢推了推眼鏡，開始講述這一切事情的開端。

「噬魂，你相信『宇宙』有意識嗎？」巫賢問了一句常人難以解答的問題。

不過，還不等戰天穹回應，巫賢就繼續說了下去：「我相信『祂』是擁有意識的存在。我從族裡的古老傳說聽說，再加上經歷許多事件以後，我漸漸明白了這件事是真實的。儘管我拿不出任何實質證據，但我相信祂的確擁有自我意識……」

人類自舊西元時期開始，無論是宗教信仰，還是「冥冥之中自有定數」等這類的說法，在在都透露出了有一雙無形的大手在操控著整個世界和宇宙。無數看似巧合的事件聚集在一起，成了開啟下一個重大事件的關鍵；無數看似不相關的人聚集在一塊，卻莫名的導致了異常事態的發生。

難以解釋這究竟是為什麼。

「巧合」真的只是巧合嗎？

還是說，這一切其實都是那命運所謂的操弄？宇宙意識的刻意安排？

「曾經，我不相信命運，但我卻證實了『命運』確實存在……真是諷刺。」

巫賢自嘲冷笑，他再次抬手，眾人所在的空間忽然一陣變化，置換到了一片聚集著無數細小光點的黑暗之中。

緊接著，巫賢輕而易舉的將幾個光點抓到身邊，將之排成一列。

「這些你們看到的光點，其實就代表著一個事件的開始節點……只要這些事件節點被啟動，就會引發下一階段的事件。」

巫賢隨意的彈開一個光點，說出了令人有些不可置信的發言。

戰龍好奇的探手就想戳看看距離自己最近的光點，卻被戰天穹制止了動作。

「別碰。」直覺告訴戰天穹，那一個個看似普通的小小光點，其實蘊藏著無數凶險在裡頭。

「你很聰明。那是我這個『星神世界』裡頭，由我掌握的命運節點，非我之人若是碰觸的話……」巫賢冷冷一笑。

戰龍好奇的追問道：「會怎樣？」

「會被這整個世界的『命運』排斥，等同於你不存在於這個世界上。雖然你還活著，但不會有人記得你是誰、不會記得與你相關的事，所有關於你一切的命運軌跡都會被消除，成為這個世界的透明人……這是我對自己世界命運的設定。」

戰龍一聽，臉色頓時染上了幾分驚愕，不敢再隨意碰觸那個看似美麗的光點。

其他幾人更是在聽見巫賢的警告以後，收斂了本來的好奇心。大氣不敢喘息的面對那些狀似無害、飄浮四周的命運節點。

巫賢隨意的把玩自己身前的節點，感嘆說道：「但這畢竟是我自己創造出來的偽宇宙，是我透過『星神世界』造出來的宇宙仿冒品，而非真正的宇宙，所以設定上，我可比真正的宇宙和善多了……真正宇宙中的命運節點可不只你們看到的這些，而是更多更多，那畫面幾乎就如同天空燦爛的星海一般，數以兆計的命運節點每秒鐘都在產生、都在啟動、都在消亡——我曾經有幸看過一次，那不是人所能碰觸的領域……」

「所有人、或者該說所有這個宇宙的造物，都在命運的掌控之中。但若是有一個不會受到命運掌控的人出現的話呢？」

「那個人將會破壞宇宙的命運運行規則，而當情況越發嚴重時，宇宙就會自發性的從最高層次的『意識』中，分裂出一個執行毀滅這個人的存在——那就是『魔女』誕生的理由。可以說是一種宇宙對於命運破壞者的自我防禦機制。」

巫賢苦笑了聲，自嘲發言：「而我，或者該說是我的家族，就是破壞那個規則的存在。」

他輕輕嘆了一口氣，對自己身為那樣的存在很是無奈。

「我來自舊西元時期，一個湮滅在歷史中的人類遺族『巫族』。我們誕生於人類崛起的最早時期，掌握著能夠變更天地氣候、甚至是人類命運的天生能力，只是我們同樣也明白這樣的能力是被禁止的……於是，族人大多將更改命運的力量用來保護我們整個巫族，營造出我們巫族順應命運軌跡的假象，讓宇宙不會察覺到有我們這些違逆命運之人的存在。」

「但更動命運是需要付出代價的，一代又一代的巫族先輩為了償付更動命運的代價而死去；也因為我們大肆更動命運，使得每一次的代價越發沉重。直到最後，巫族的人數漸少時，再無法群聚集體力量來製造巫族命運的假象時，終於，宇宙發現了我們這樣一支民族的存在。」

巫賢用一種猶如夢囈的聲調如此說著。

戰天穹和戰龍兩人沉默，緋凰等人更是神色愕然，而巫賢一旁的牧非煙和羅剎則是面色悲傷無奈，顯然為巫賢曾遭遇的一切感覺哀傷。

「宇宙先是下達了詛咒，使我們殘存的巫族人各自遭到各種不幸的意外。隨著巫族人數越發稀少，我族開始不滿於宇宙的抹殺，決定要群聚餘下族人之力，將我們巫族累世對宇宙的恨意，轉化為實質的力量，將一代代先祖抵抗命運的智慧結晶，透過我族的禁忌秘法傳承下來……那是足以超越命運，甚至是超越整個宇宙的力量。而我，就是繼承這份力量的最後一位巫族人。」

「不過，這樣的大肆舉動終究還是被宇宙發現了，我在某次『閱讀』自己的命運軌跡時，無意間注意到了宇宙對我的布局，隱約知道宇宙已經派出暗殺者，準備要完全毀滅我的存在。」

「逼不得已，我只能隱藏起自己能夠修改命運的能力，像個平凡人一樣順勢著命運隨波逐流，但我多少還是暗自更動了一些細微的命運部分，讓我擁有比常人更多的好運，協助當時的我掌握更多的優勢與機會，創造另一套不同於巫族術法，並且順應當時命運規律意欲發展的新科技技術，也就是現今流傳的『符文』技巧。『符文』為我省去很多必須要動用巫族術法的時機，成了當時的我用來掩飾身分的最大工具。」

戰龍聽到這，不禁感到震驚。儘管羅剎在君兒出事後召回他時，就說過眼前這位白髮男子便是製造出他的「創造者」，也就是羅剎一直掛在嘴邊的那位「父親大人」。但一聽到對方是利用這樣的方式創造出「符文技術」，還是忍不住讓戰龍吃驚不已。

更動命運的力量……那已經不是人類所能掌握的領域了。

這不禁令戰龍肅然起敬，儘管巫賢和自己的養父始終針鋒相對，但那是上一輩的事情，他這個小輩說老實話無法插手，只能充當和緩氣氛的角色；可他對巫賢的尊敬卻是真誠的。

「等等，難道這樣的法術沒有瑕疵嗎？或者說，不需要付出一些代價？」緋凰忍不住內心的震驚，提出了自己的疑問。

這個世界從來沒有天上掉下來的禮物，有得必有失，而這樣能夠更動自身或他人命運的法術，怎麼可能不需要償付代價？那太逆天了！

巫賢淡漠的掃了緋凰一眼，他眼中的冷厲看得緋凰有些畏縮。

「的確是需要代價。」巫賢眼神黯沉，神情滿是自嘲。「我的好運是奪取他人運氣得來的，我越是幸運，相反的也會讓他人陷入不幸之中。」

巫賢繼續將話說了下去：「就在我自以為擁有巫族群聚一族心血之力，並且成功創造出符文技巧以後，卻沒想到我的命運軌跡還是被宇宙玩弄了。」

「『魔女』轉生到了我當時的世界，為了讓我失去戒心與防備，『魔女』的轉生體在覺醒前並不會記起宇宙在分裂出她時，她被賦予的任務，而像是個真正的人類一樣，在父母的關愛與親友的環繞下成長……她的命運軌跡被宇宙刻意修改得與尋常人類沒有兩樣。」

「當時我隻身一人，偶然萌生了希望能有一位伴侶相伴相愛的念頭，於是我暗自閱覽了我的命運軌跡，啟動了一個能為我找到完美伴侶的命運節點……不久後，我機緣巧合的認識了一位女性。當時的她儘管有部分並不合乎我的理想，但與我理念相同、與我擁有許多共同的喜好，雖然跟她有過爭吵的時候，但或許就是因為那樣的不完美，反而讓她成為了我生命中的完美。」

巫賢側首望了牧非煙一眼，眼底盡是溫柔。

他們交握著彼此的手，兩人臉上皆是幸福的笑容。

看著這一幕，戰天穹多少猜到了，牧非煙或許就是巫賢當時所愛的「魔女」。只是他心中還有疑點，於是便沉默的繼續聽下去。

「我愛上了當時的魔女，而魔女同樣愛上了我。當時的我並不知道她就是授命來毀滅我靈魂的人，我也曾暗中探查過她的命運軌跡，一切都如正常人一般沒有異常狀況，讓我因而放鬆了戒備……」

巫賢臉上露出哀傷的神情，讓牧非煙忍不住紅了眼眶，偎進了他懷裡。

「然後當我們感情加深，準備要結婚的時候，地球第一次迎來了星辰淚火這樣的天文奇景，而我的她，也發生了異狀——她幾乎是不受控制的覺醒成了『終焉魔女』！……結局是，那個地球毀了，我的肉身毀滅，可當魔女就要徹底煙滅我的靈魂時，她愛著我的那部分人格憑著自己的意識，採取了自我毀滅的舉止，她……違背了宇宙的命令，保護了我。」

「那在地球上和我彼此相愛的人格，竟然與我一同做出了違反宇宙、駁逆命運的行徑。」

「然而，當時的我並沒有真正的死去，我不甘心宇宙為我們安排了這樣的命運，於是利用剩餘的力量再次改變了我和魔女命運的軌跡，並且前往另一個平行次元的地球，就是我們身處的這個世界。為了區隔方便，我過去所處的那個已然毀滅的地球稱作A地球，而現在原界的地球則稱為B地球……當時B地球的『巫賢』因為發生車禍意外死亡，而我，則透過這個B地球的『巫賢』的身體得以重生。只是我更動了命運的軌跡，使得跟著我來到B地球的魔女也被我扭轉了命運——」

牧非煙在此時開口了，神情哀痛：「我就是當時的魔女。當時要死去的我期許了『希望自己不再是魔女』的願望，於是我在B地球裡真的成為了平凡人，但魔女的職責與命運，卻因此落到了當時B地球上的我的妹妹牧辰星身上……我想，這是宇宙對我們擅自更動命運的懲罰吧。要我們明白在我們得到幸福的同時，這個世界就有別人會變得不幸。」

巫賢接過話，語氣惆悵：「儘管我知道更動自己的命運也會連帶影響他人的命運，但我沒想到影響會那麼大……藉由這個世界的『我』的身體重生，我其實連帶繼承了他的記憶。至今，我還深刻記著這個世界的『我』對辰星的感情，雖然表面上我是失憶了，但其實只是我不願去面對這件事而已。」

「我這才明白，宇宙，永遠不會讓你魚與熊掌兼得。」

「祂不允許我們選擇自己想要的命運。只要妄想選擇自己的命運，都將要痛失生命中最重要的存在……要讓我們就算活著，也要活在永恆的痛苦之中。」

牧非煙哽咽出聲，想起了當時的傷痛，忍不住潸然淚下：「當阿賢最後藉由這個世界的『巫賢』之身重生以後……屬於辰星以及我們的故事開始了。」

聞言，戰天穹內心忍不住浮現了幾分酸澀的痛楚。如今的他同樣也是噬魂，提起噬魂曾經深深

愛過的那個名字，連帶也讓他的內心隱隱作痛。

「時間是西元二〇一五年……」

Chapter 149

死而復生

西元二〇一五年

一對男女正在下著雨的大街上爭吵，男子替女子撐著傘，自己則渾身被大雨打濕，惹來一旁路人連連側目。

「辰星妳別這樣，我現在的論文已經是最後階段了，只要這一次能得到教授的肯定，我就可以拿到博士學位，從漫長的忙碌中脫離，畢業了！之後我就有很多時間可以陪妳了，這段時間請妳先忍忍好嗎？」

男子拚命的向眼前的年輕女子解釋，卻始終無能得到她的諒解。

「你連我的生日都沒辦法陪我，交往紀念日也沒時間嗚嗚……」

女子哭得梨花帶淚，讓一旁路過的人不由得向男方投以責難的眼神。

「我有送禮物跟向妳祝賀了不是嗎？那段時間我都在忙論文，實在抽不出時間陪妳。」男子語帶疲憊，卻還是很有耐心的哄著沒有安全感的女友。「好了，別這樣，很多人在看呢……」

「那不夠！我想要你每天都陪著我！」

男女之間的爭吵幾乎是所有情侶在交往時都會遇到的難題。只是這一次無論男方怎樣安慰女方，女方只是拚命的搖著頭，直讓男方感到無奈。

最後，男方不曉得說了什麼無心、聽在女方耳中卻是有心的發言，氣得女方當場掉頭跑開——卻是不看車水馬龍的街道，在綠燈車輛快速往來的時間裡，直往馬路上的斑馬線衝了過去！

一道亮黃的燈光伴隨著大聲的喇叭聲與汽車急煞聲傳了過來。

「辰星！」男子一愣，下意識的衝上前，拉住了女友，一手將她扯回了人行道上。

只是因為天雨路滑，那輛疾駛而來的大卡車竟然打滑了！

男子沒能來得及反應，只能眼睜睜的看著那輛迎面而來的卡車撞上自己。

「碰」的一聲巨響，路人的尖叫聲以及來往車輛的喇叭聲與大雨混作一塊。現場凌亂吵雜，直讓吵架當事人的女方傻愣當場，臉上還濺著男友為了保護她，在她眼前被失控卡車撞飛而灑落的鮮紅。

就在她的斜側方，那輛失控直撞街道店面的卡車冒出了濃濃黑煙。

奇蹟似的，發生車禍的卡車司機竟然沒有受到太大的傷害，他狼狽的踹開駕駛座的大門，直接從百來公分高的卡車頭上摔了下來。

「快、誰來幫幫我？我剛撞到一個人了！」

女子神情麻木，直到自己雙腳不聽使喚的來到卡車撞擊的店鋪所在，在店面與卡車的縫隙中，

依稀看見了一隻染血垂落的手……

那隻手的手腕上，戴著牧辰星最熟悉的，她男朋友巫賢配戴著的手錶。

不過因為慘烈的撞擊，錶帶最後斷了，在牧辰星眼前掉了下來，落到了自縫隙中蔓延出來的鮮紅之中。

「阿賢——不要啊——！」牧辰星痛哭失聲。

牧非煙接到了妹妹打來的電話。

「姐，怎麼辦？阿賢出車禍了！」電話另一頭的牧辰星聲音哽咽，張口就是向自己最親近的姐姐求救：「妳快來ＸＸ醫院，我一個人不知道該怎麼辦……阿賢又沒有其他的家人，姐……」

「怎麼會這樣？！」牧非煙一驚，隨後恢復神色說道：「妳在ＸＸ醫院的急診室嗎？我大概十分鐘後會到那裡，不要亂跑，等我！」

她趕緊著裝，飛快的套上外套和雨衣之後，趕緊躍上機車，往牧辰星所說的醫院方向前進。

牧辰星身上披著好心人借給她的外套，渾身濕淋淋的坐在急診手術室外頭的椅子上直發抖。她沒料想到自己的一時衝動，最後會演變成這樣的局面，讓她後悔不已。早知道她就不要和巫賢吵架了……

內心有許多「早知道」，只是後悔卻已經來不及了。

巫賢此時正在手術室裡急救，生死不明。

她忘了自己究竟是怎樣來到這裡的，只知道有人將她拉離了卡車頭旁，而隨後趕來的警察和救護隊員費了好大一番功夫才拉開了卡車頭，將卡在卡車頭與店鋪中間的巫賢救了出來。

當時的畫面她已經不記得了，恍惚中有人詢問她和車禍男子的關係，她傻傻回了一句「我是他的女朋友」，就被一同帶上救護車，然後她只是茫然的看著救護人員對躺在擔架上鮮血淋漓的男子施以急救。

直到巫賢被送進了手術室，她才逐漸回過神，並且撥打電話聯繫了自己的姐姐。巫賢上無父母也無親屬，可以說是整個巫家只剩下他一個人了，面對這樣完全沒有求救對象的情況，牧辰星只得向自己親人求救了。

「辰星？妳還好嗎？」

熟悉且帶著焦急情緒的聲音在牧辰星身旁響起。

牧辰星傻愣愣的抬起頭，在看見了自己熟悉的親姐姐以後，便撲到她懷裡大哭出聲。

「姐——都是我的錯，如果我不要亂跑的話，阿賢就不會為了救我而被卡車撞到了！姐，如果阿賢他走了的話，我該怎麼辦？都是我的錯——」

牧非煙臉色凝重，卻是冷靜的安慰著妹妹。

牧辰星哭到就快要喘不過氣來，眼淚直落，內心被深刻的悔恨包圍。

「如果這個世界真的有神的話，拜託，不要讓阿賢死掉！我以後一定不會再那麼任性了……」

她緊握著雙手，哀傷的祈求著。

就在這一瞬間，等在急診手術室外頭的牧家兩姐妹忽然像是感覺到了什麼，皆是抬起頭看向手術室的大門。

牧非煙不知怎的，忽然覺得頭一昏——但這感覺僅出現剎那，快得她以為自己是在恍神。

就在此時，急診手術室裡本來已經打算放棄急救巫賢的醫護人員們，忽然因為那再次有了起伏波動的心電圖而發出驚呼聲。

「快快！有心跳、有心跳了！」

「奇蹟啊！」

半個小時過後，醫生神色疲倦卻難掩驚喜的走出了手術室。

牧非煙和牧辰星趕緊迎了上去。

牧辰星渾身顫抖，竟是問不出一句話來。最後只好由姐姐牧非煙代替妹妹詢問巫賢的情況。

「雖然中途心跳停止了，不過最後還是救回來了。」醫生微微一笑，也對自己能救人一命而感覺驕傲。「真是奇蹟呢，沒有想到巫先生失血過多，且全身多處骨折，內臟也被碎骨刺穿了，竟然還有心跳！他的求生意志很堅強。不過因為受創太深，這一次只是做了簡單的急救和治療，後續還需要觀察一段時間，並且進行更細部的手術。」

醫生概略交代了一下後續事項，並且要牧家兩姐妹代替巫賢辦理正式的入院手續。

只是問題來了，巫家除去巫賢沒有其他親人，只好由牧家兩姐妹接手對巫賢的照顧。而牧辰星因為親眼見到巫賢車禍的一切過程，精神上顯然受到很大的驚嚇，要這樣精神情況不穩定的她來照顧巫賢，顯然並不妥當。於是，最後照顧巫賢的責任落到了牧非煙身上……

＊ ＊ ＊

在一片無盡的星海裡，一抹虛影飄盪在其中，他極其艱辛的抬手，似乎想要將周身閃動的星光掌握入手。

那是另一個世界的巫賢，只是此時的他，只剩下一縷幽魂。

巫賢神情嚴肅凝重，他試著使用巫族秘法，施展那足以更動命運的力量，為自己爭取復活重生並且逆轉命運的機會。在他身旁，一道弱小的光團飄浮著，向巫賢傳遞著支持與慕戀的心意，那是曾為魔女，卻屬於牧非煙人格的那一部分靈魂。

為了制止魔女毀滅巫賢的意識抹殺巫賢，牧非煙付出了無與倫比的代價——她等同於毀去了自己大半的靈魂，才得以將「魔女」那一部分依存於她靈魂中的毀滅意識與力量完全根除，卻是受創頗深，連維持靈魂的形體都無法辦到。

「煙兒再等一等，我快找到了……那個隱藏在無數命運之中，唯一通往奇蹟的道路。」

巫賢小心的利用力量探查每一個自己能撈入手中的星光，不停尋找著，那能夠讓他復生並且同時實現牧非煙「不再為魔女」、能讓兩人重生相愛的願望，其命運軌跡所屬的星光。

時間在這裡不具意義，巫賢只是麻木的扔開一個又一個命運軌跡的星光，繼續不停的尋找那個隱藏在無數的命運軌跡之中，唯一能夠實現他們兩人願望的「命運」。

最後，巫賢終於找到了。

「就是這個！」

巫賢激動的高捧著那顆命運節點。憑著巫族術法的感應，他立刻明白自己手中掌握的這個命運軌跡，便是能夠同時實現他和牧非煙願望的那份奇蹟！

宇宙存在著無數不同的平行次元，每一個平行次元各有其規律與命運安排。而在這些平行次元裡，與你我同樣的人物有時也會重複出現在別的平行次元中，過著相同又或者不同的生活。

巫賢要找的，就是同時擁有「巫賢」和「牧非煙」，但「牧非煙」並非「魔女」而是普通人的平行次元，好以此讓兩人得以復生，重新擁有生命能夠攜手相愛。

「煙兒，我們走吧，前往那個世界——那個只屬於我們，不再有悲傷與痛苦的世界！」

巫賢驚喜的施展巫族術法，將自己和身旁的光團化作兩道光輝，沒入了那他本來握於掌心之中的星光裡頭。

只是，或許是宇宙在上一次的事件之中，明白了巫賢擁有變革命運的力量——他能夠逃開一次又一次的抹殺。於是，宇宙最後採取了另一種處罰的形式……

此時的巫賢和牧非煙並不知道，等待著他們的不僅僅有著幸福，還有那痛徹心扉，並將另一

個無辜存在拉入他們事件之中的絕望世界。

＊＊＊

「巫賢」活過來了，只是此時的他並非往昔的他。

此時這具平躺於手術台上的身體中裝著的，是那個利用巫族術法，藉由此人的身體重生，來自另一個次元的「巫賢」！

奈何車禍幾乎重創了他的全身，令巫賢一降臨這具身體，就必須承受來自肉身與靈體雙層面的痛楚，儘管身體注射了大量的麻醉藥，但痛楚還是無比清晰。儘管這個「巫賢」也是另一個次元的他，但終究不是他真正的肉身，還是存有排斥性，他必須深刻的體驗那樣的痛苦，才能一步步完全掌握這具新的軀體。

只是重新擁有身體還是讓他難掩欣喜，並且，他可以感覺到另一個與他相愛的靈魂也進入了這個世界相同角色的身體之中。

與巫賢的情況不同，「牧非煙」本來的靈魂就在上一個世界，為了根除自身靈魂中的毀滅意識而受創頗深，在進入這個平行次元的牧非煙體內時，並沒有引來與巫賢那樣的排斥反應，而是緩慢漸進的與之融合，連帶記憶的復甦也變得緩慢。

然而，巫賢察覺到了一個不對勁的地方。

在這個世界裡，他竟然另有一位愛人——而那個人正好是牧非煙的妹妹！可是，在他們本來世界，「牧辰星」是一個根本不存在的角色！

在巫賢利用巫族術法查閱命運軌跡的光點時，他僅僅只在乎他和牧非煙的存在，卻疏忽了這個世界竟然還有那麼一位與他們兩人擁有極為密切關聯的存在。

這是一個極其重大的變數……

加護病房中，全身插滿管線，口鼻還戴著氧氣罩的巫賢無法言語，只能用漠然的眼神看著在自己床邊哭哭啼啼的女性。

「阿賢對不起……嗚嗚……對不起……」

牧辰星哽咽道歉，牧非煙則在一旁安慰著她。

儘管巫賢在重生以後，也繼承了這具身體上一位巫賢靈魂的記憶……那愛著牧辰星，卻對任性

又極度沒有安全感的她感覺無奈與沉重的心情。

可此時的他已非上一位巫賢，新生的他，愛的是上個世界與他攜手的牧非煙。再加上這個世界的巫賢算是因牧辰星而死，也算是了斷了他們彼此之間的緣分。

畢竟就算上一位巫賢真的能夠活過來，怕也是對那樣不懂得體諒人、任性又沒安全感的女朋友失望透頂，未來分手是必然的事情，只是巫賢最後還是不想直接傷害這個曾經深愛著自己，卻用錯方式的女性。

思考了許久之後，巫賢乾脆佯裝自己失憶，並且循序漸進的、用著極其合理的理由，去關注並且愛上一直照顧他的牧非煙。

希望這樣一來，能夠斷了牧辰星對他的感情……

Chapter 150

不再溫柔的日光

為了不想多在醫院駐留，巫賢暗中使用了從上一個世界帶過來的符文技巧治療自己身上的傷勢。不過，由於靈魂和身體的契合狀況不佳，他僅僅只能使用最簡單的符文治療自己，營造出了自己的復原速度較一般人良好許多的情況，直讓一開始預估他要超過半年以上才能逐步復原的醫生驚訝不已。

就在一連串密集的治療與手術過後，巫賢終於可以拿下氧氣罩，拔除大部分的維生管線，搬到了普通病房。

這時的牧辰星終於平復了心情，開始和姐姐輪流照顧巫賢。只是她才剛畢業，新找到的工作無法經常請假，所以還是由工作性質較為自由的姐姐牧非煙照顧巫賢居多。

這天，牧家兩女坐在巫賢病床旁的家屬休息椅上，等候醫生前來和她們講述巫賢的治療情況。

巫賢此時已經能夠進食流質食物，甦醒的時間也較長，不像先前一直昏睡。只是，他始終默默看著牧非煙的目光，卻令牧辰星很是不安。

這段時間巫賢就像變了個人似的，沒了過去牧辰星熟悉的靦腆與溫和，反而變得極其冷漠與沉穩——她幾乎有種巫賢其實換了個靈魂的錯覺。

那看著她卻不再溫柔的陌生眼神，讓她覺得慌張。

「請問是巫先生的家屬嗎？」醫生終於來到了巫賢的病床前，用一種極其複雜的眼神打量眼前模樣有七分相似的牧家姐妹。

「是，醫生，請問阿賢他現在的情況是……？」牧非煙擔心的看著巫賢，也注意到了他看著自己的時間比看著妹妹還多。這不太對勁，畢竟辰星才是巫賢的女朋友。只是，不知為何，此時她對上巫賢的目光，竟萌生一種過去不曾有過的心悸情緒。

牧非煙和妹妹一樣，察覺到巫賢似乎變了個樣子的事實。

過去的他很是縱容與包容牧辰星，看著她的目光也是友善親近，而不像現在這般放肆。那種帶著溫柔與火熱情緒的眼神，讓她感覺熟悉並且有些羞澀，可理智卻告訴她這並不妥當；畢竟，巫賢可是她妹妹的男朋友……

醫生苦澀一笑，才喃喃說道：「……巫先生他失憶了。只記得自己名叫巫賢，除此之外什麼都不記得了。研判是當時車禍對頭部造成過大的衝擊導致。我們在之前幾次的手術中為他移除了腦部的血塊，車禍的創傷可能還是造成了記憶區域的受損。」

「什麼？失憶！」牧非煙驚呼出聲。

牧辰星眼眶積蓄起了淚水，她顫抖著嗓音詢問道：「醫生，那阿賢他還有機會恢復記憶嗎？」

「這不清楚，雖然有這樣的前例，但有人可能幾個月後甚至幾年後才恢復記憶；但也有從此人格大變，十幾年都沒有恢復記憶的情況。」

牧辰星神情恍惚來到了巫賢的病床旁，有些慌張卻又強撐笑容，低低的詢問巫賢：「阿賢，我是辰星，你的女朋友，你真的不記得我了嗎？」

巫賢心中閃過一絲愧疚，卻還是巧妙的隱藏了起來。他用著平靜的目光看著牧辰星，然後搖頭，接著用著沙啞的聲音開口說了一句：「抱歉。」他的臉上只有面對陌生人時的冷漠淡定。

牧辰星看著巫賢的平淡目光，頓時淚流滿面。

「巫先生真的沒有其他的家人了嗎？」醫生很是困擾的詢問了一句，「因為巫先生腦部受到重創，所以現在他的肢體有些不協調，需要有人全天候在他身邊照顧他的生活起居，以及陪著他復健……如果妳們不方便照護，可以選擇聘請看護照料……」

巫賢很清楚自己此時的情況只是靈魂和身體的不協調，只要再過一段時間，他就能夠完全掌握這個身體，可或許這是他接近這個世界的牧非煙，藉此喚醒上個世界牧非煙記憶的大好時機。

醫生繼續說道：「但是看護的費用頗為高昂。如果可以的話，由巫先生的女朋友照顧他自然是最好，可是現在巫先生卻失去了對牧辰星小姐的記憶，卻對醒來第一眼看到的牧非煙小姐較為信賴……就看妳們兩姐妹怎麼決定了。」

牧非煙有些無奈的看著自己的妹妹，看著她因為醫生的話面露震驚的模樣，內心浮現了幾分難言的愧疚。但這份愧疚從何而來？連她自己也不了解。

巫賢再次將目光移到了牧非煙臉上。他看著她時專注的表情，彷彿牧非煙才是他的愛人才對。

看著巫賢這樣注視著自己的姐姐，牧辰星在慌亂、失措、茫然過後，內心浮現而起的是嫉妒，但她又想到巫賢是因為自己而車禍重傷失憶的，就算他從前非常包容自己，但經歷過這般死亡威脅，即使他恢復了記憶，應該也不再想要面對她了吧？

看著巫賢注視著牧非煙的目光，裡頭有著過去只留給她的溫柔……

仔細想想，自己過去對巫賢確實太過任性又不諒解他，像她這樣的女生，終究還是比不過成熟穩重、溫柔體貼的姐姐。

最後，牧辰星強撐起了一抹笑，對著牧非煙說道：「姐姐，阿賢的手術也需要費用，所以我沒辦法辭掉現在的工作；妳的工作性質比較自由，可以代替我照顧阿賢嗎？」

「辰星，我覺得這樣不太妥當……」畢竟，那是妹妹的男朋友啊！

「姐姐，拜託了！再請看護的話我們的經濟應付不來的。請妳照顧阿賢好嗎？我已經沒有誰可

以求助了……我已經害他失去這一次論文的提案機會，而且以阿賢這樣的狀況，恐怕也沒辦法再繼續讀研究所了，他是那麼期許著能夠得到博士學位……現在除了好好照顧他之外，我實在不知道該怎麼辦才好了……」

最後，牧非煙還是拗不過牧辰星的請求，再一次接下了照顧巫賢的任務。

幾個月後，巫賢終於被允許出院，只是還需要拄著枴杖，並且返回醫院進行復建。儘管巫賢不再需要有人貼身照顧，但牧非煙還是經常前往巫賢的家中關照他的情況。

巫賢確實是變得與過去不同了。他不再像過去那樣溫柔靦腆，相反的，他臉上幾乎沒了過去總會掛在嘴邊的笑容，變得冷漠許多。

他也開始刻意疏遠牧辰星，將之當成妹妹一般的角色看待；卻唯獨在面對牧非煙時，眼裡存有男人看著女人的火熱情緒。

牧辰星想著，或許失憶的巫賢是被姐姐的溫柔吸引，才會用著這樣灼熱的目光看著姐姐吧？她知道，這個男人最後終究不是屬於自己的，又想著姐姐也二十五歲了，還沒有一個好男人出現在她身邊……自己的「前男友」若能和姐姐在一起的話，他們或許能夠過得比巫賢和她在一起時更加幸福吧？

她沒有開口說出分手一事，多少是懷抱著巫賢能夠恢復記憶的期望。只是隨著日子一天天過去，巫賢對她的疏離以及對自己姐姐的溫柔，讓她慢慢心死了。

只是儘管牧辰星想要放手，卻難免在午夜夢迴時，哭泣著命運為何要如此捉弄她。她一直是個很懦弱又很沒有安全感的女人，或許是因為有一個樣樣比她還優越，個性又比她沉穩溫柔的姐姐在身邊可以依靠，所以無形中造成了牧辰星這樣的懦弱性格。

而牧非煙在與巫賢的相處中，開始記起在另一個世界的零碎片段。那些片段中蘊藏的美好感受，總是讓她無法忘懷，並且也對那些細碎片段中的男主角巫賢，開始產生了不同於過去的情感。

直至靈魂和身體已經契合的差不多了，巫賢才強制利用符文喚醒了上個世界牧非煙的記憶。甦醒的「牧非煙」看著那溫柔注視著自己的巫賢，忍不住為了兩人終於得以再次相逢相愛而驚喜落淚。

「太好了，這一次我終於不再是魔女了……」一向沉穩的牧非煙忍不住落下眼淚。她可以感覺到自己真正身為平凡人的感覺，內心不再充斥那些極端負面的情緒了，終於能夠不再受到魔女那毀

滅意識的影響。

但巫賢卻知道，宇宙不可能那麼容易就讓他們把握幸福。最主要的一個關鍵，便是與他們兩人擁有密切關聯的牧辰星……他總覺得牧辰星的存在是一種不祥的預示；但由於前一任巫賢對牧辰星的情意，巫賢不得不慎重小心的處理牧辰星的事情。

只是，他們兩人的關係終究還是要讓牧辰星知道。

然而，這個世界的牧非煙極其疼愛與照顧自己的妹妹，她不想讓牧辰星傷心，於是便決定要隱瞞她和巫賢的感情事，想辦法拖延將兩人關係告訴牧辰星的時間。

牧辰星早有所覺，牧非煙不停的掩飾反而讓她很是心傷。

無數的事件累積在一塊，最後終成了牧辰星邁向覺醒為「終焉魔女」的導火線。

就在牧非煙甦醒過後，巫賢教導了她符文技巧，並且和她一起利用符文技巧模擬巫族術法——試圖要推算他們彼此的命運軌跡，以及魔女是否存在於這個世界的消息，沒想到卻意外得出了一個震驚答案！

確實，這個世界的牧非煙並不是宇宙派來抹殺巫賢的「魔女」，然而「魔女」卻仍然存在於這

個世界之中，並且是與他們擁有密切關聯的人──

牧辰星，就是這個世界的魔女轉生體！

「怎麼可能……」牧非煙震驚不已，無法相信這個事實。「辰星竟然是魔女？！」

巫賢更是沉下了一張臉，他漠然的收回了那些飄浮周身的符文，沉默不語。

他這才了然，原來「奇蹟」其實並不存在。他們確實是幸福了，然而卻讓另一個與他們擁有密切關聯的人陷入不幸之中。

或許，這是宇宙在警告他擅自變動命運的代價吧。

然而，巫賢並不甘心於此，他在前一個世界時既然敢挑戰整個宇宙與命運軌跡，這一次自然也不例外。

上一個世界裡，他不知道宇宙究竟派來了什麼樣的暗殺者，所以躊躇著不敢隨意使用巫族秘法，但這一次「魔女」就在身邊，並且還未覺醒，那麼他就要和上一任的魔女牧非煙一起，一同扭轉牧辰星的命運！

他大肆修改了這個世界的命運軌跡，並且將世界的命運軌跡提前了兩百多年，加速科技的發展，讓他得以公開自己的符文技術，強將地球科技發展史演進至那所謂的星空科技。

牧辰星這才真正的感覺巫賢就像是變了一個人一樣，變得讓她覺得陌生。他在失憶之後，竟然能夠開發出那樣對世界造成無比衝擊的傳奇技巧，直讓她覺得有些如夢似幻般的令人難以相信。

巫賢曾經嘗試過要更動牧辰星的命運，卻發現自己竟然無法干預她的命運——宇宙在牧辰星身上設下了限制，除非她自己本人擁有超越命運的意志與心念，否則她最後還是會被毀滅一切的意識控制住神智，成為毀滅世界以及抹殺巫賢與自己那位背叛宇宙的姐姐牧非煙的千古罪人。

然而，非常了解牧辰星性格的巫賢和牧非煙，卻明白宇宙在牧辰星命運中設下的「條件」有多麼殘酷……那幾乎是牧辰星無法達到的條件，也註定了她此生終將毀滅世界的結局。

但，真正可恨的是——宇宙還另外設下了一個條件。

上一世的魔女牧非煙憑著自己的意識與終焉意識相抗衡，把毀滅一切的力量用於己身，摧毀了與魔女緊密相依的終焉意識與魔女之力，因而得以將自己的人格部分脫離而出，藉由平行世界的自己重生。

然而這一次，宇宙不打算讓牧辰星有機會鑽這個規則漏洞，而將她的情況設定成了除非是與魔女靈魂擁有相同頻率的靈魂存在，否則這個世界將沒有任何存在能夠傷害得了她，也包括她自己！

這意味著如果牧辰星真的覺醒成為「終焉魔女」，巫賢就算能夠更動命運，卻也無法制止她、甚至是殺死她！巫賢也知道，魔女是來自於宇宙意識中直接降臨的靈魂存在，這個世界、不、或者可能無數個平行次元與宇宙之中，搞不好都找不到一個與魔女靈魂擁有相同頻率的存在！

在未來，他們只能眼睜睜的看著牧辰星保有意識，身體卻被毀滅意識控制，不停的毀滅世界，追殺她最深愛的兩個人……

宇宙要他們親眼看著他們最疼愛的妹妹，逐漸步入絕望與瘋狂之中。

巫賢自然不可能束手就擒。

也因為大肆變革世界的命運，讓巫賢的符文技巧邁向了一個新的巔峰——他創造出了一個擁有靈魂的完美符文法陣，將之取名為「神陣滄瀾」！而為了讓神陣滄瀾方便配合自己工作，巫賢指示他變化為人類的模樣，牧非煙則替神陣變化的藍髮金眸男孩，取了「羅剎」一名。

隨後，巫賢在當時才剛剛誕生還懵懂無知、不懂人性的羅剎幫助下，開始不停嘗試，想盡辦法，要從無數的宇宙中探查是否存在著與魔女擁有相同頻率的靈魂存在——在他耗費無數努力與精神之下，終於從別的平行次元裡，拉來了那與魔女擁有相同頻率靈魂存在的靈魂碎片！

只是，那僅僅是一枚靈魂碎片，並不是完整的靈魂。但巫賢懷抱著希望，希冀這枚碎片最後能夠發揮出原本料想的效用。

「魔陣噬魂」因此而誕生。

巫賢刻意讓這枚靈魂碎片培養出了靈智，並且希望透過與這枚靈魂碎片彼此靈魂互相呼應的牧辰星貼身呵護，能夠完善這枚靈魂碎片的神智，將之作為最後應對牧辰星的手段……

巫賢最後將魔陣噬魂的靈魂碎片放進了一只刻意打造成雙螺旋羊角的墜飾之中，送給了牧辰星。

「辰星，生日快樂，這個送給妳。」

巫賢趁著牧辰星的生日，將手上精巧的墜飾交到了牧辰星手上。

牧辰星神情有些哀傷，自從巫賢車禍以後，她幾乎就沒了過去那時純粹美好的開朗笑容，那令巫賢和牧非煙皆是心痛與愧疚。只是，他們的愛終究是自私的，不可能為了牧辰星一人，而放棄好不容易得來的能夠再次相愛的機會。所以他們只能盡可能的彌補她、疼愛她……

牧辰星迴避了巫賢看著她的寵溺目光，那並不是男人對女人的寵愛眼神，而是哥哥看待妹妹的疼愛。那讓她心痛不已，直到如今也無法走出過往的傷痛之中。

她把玩在手心的墜飾上頭的紅印微微亮起了紅芒，讓牧辰星有些訝異。

巫賢知道噬魂自主的受到靈魂擁有相同頻率的牧辰星影響，開始甦醒意識了。只是噬魂需要時間成長，而這件擁有自我意識的墜飾，未來將成為……

巫賢不願去想那個未來，但他仍然需要準備。

那是唯一的希望了。希望這樣的靈魂碎片能夠陪伴牧辰星，讓她不要再因為寂寞而被負面侵襲內心。

「……一切都會沒事的。」巫賢感嘆出聲，然後抬起手溫柔的揉了揉牧辰星的髮絲。他用著看待妹妹的溫柔目光看著她，說道：「這一切或許是命運的安排，讓我活了下來，然後再一次的遇見煙兒和妳……」

這一次我們得到幸福了，也希望妳能夠幸福。

雖然巫賢的眼神溫柔，卻已然不是牧辰星過去所熟悉的了。

她低著頭，把玩著掛在自己胸口處的墜飾，傾聽著墜飾在自己心中那莫名令她感覺安心的嗓音。

『誰、妳是誰……？』

那也是初生的噬魂第一次與牧辰星對話。

＊＊＊

擁有噬魂記憶的戰天穹，隨著巫賢的講述，一同想起了當時與牧辰星接觸的感覺。就如同他與君兒在原界初遇那時，那種來自於靈魂深處的熟悉感是如此的深刻。

深刻的讓他幾乎是不由自主的就想去靠近、親近……

Chapter 151

有形與無形

儘管巫賢和牧非煙最後決定暫時隱瞞牧辰星她身為魔女的事情，但這一次宇宙似乎也不願任由巫賢這樣胡亂更改命運。祂透過接連數日的夢境，讓牧辰星身陷一場自己在未來將會成為毀滅世界、殺死至親摯愛之人的「終焉魔女」惡夢之中。

「噬魂，我做了一個惡夢……」

牧辰星從惡夢中驚醒，眼睛有些紅腫，她神情茫然的呆坐在床上。她胸口的墜飾因為她的話語閃動著隱隱紅光。

『辰星不要難過，我在這裡。』此時的噬魂已然陪伴了牧辰星好一段時間，講話也流利了起來。

「我好難過，我夢到自己成了什麼『終焉魔女』，毀滅了世界，殺了姐姐和阿賢……」

『魔女是什麼？』

「魔女是……」魔女究竟是什麼呢？

為什麼她會接二連三夢到那樣真實至極的夢境？夢裡頭，那渾身充滿力量，可以肆意破壞自己看不順眼的一切，那感覺是如此的瘋狂快感……只是，殺死姐姐和阿賢那時，他們滾燙血液潑灑臉龐的感觸卻讓她無比恐懼。

原來她內心深處存有那麼黑暗的角落嗎？她一直期望著殺死姐姐和阿賢？

牧辰星雖然想要和姐姐談論她連日以來的惡夢，但是見到牧非煙時，看到她因為忙碌工作且照顧巫賢而面露疲倦時，總讓牧辰星壓下了心中的念頭。

面對這樣懦弱的自己，牧辰星覺得自己很是沒用。

然而，自從牧辰星做惡夢那時開始，她的生活便起了一些變化。

性格懦弱的牧辰星就像尋常人一樣，會因為一些事情心生不滿，偶爾會去憎惡詛咒那些令她不快的人——而且自從惡夢開始以後，詛咒竟是得以實現！

因為某個同事故意將丟失一筆生意的責任怪在她身上，害牧辰星當月薪水被扣了好幾千元，令她怨恨上了那個胡亂怪罪她責任的同事，甚至在內心詛咒對方去死。然後，隔天，那個同事的名字就上了社會新聞，說是回家路上遇到醉漢被人毆打致死。

還有，在路上看到一個怒毆無辜流浪狗的惡人，牧辰星在厭惡之餘，下意識的心生惡毒念頭，對方就立即被意外失控的車輛撞死當場。

……只要她的一個起心動念，世界便會神速的回應她的祈求。而這些祈求僅僅只回應牧辰星的負面意念，直讓她膽顫心驚。

牧辰星開始認知到，自己可能就是每晚惡夢中，那毀滅世界的「終焉魔女」。本來性格就很懦弱的牧辰星根本無法接受這個事實。

最後，她懷抱著幾分恐懼與驚慌，將這件事告訴了牧非煙和巫賢。

巫賢為之震驚，沒想到宇宙竟然做到這種地步。

上一個世界的牧非煙還是直到覺醒後才知道自己身為「終焉魔女」的這件事，沒想到這個世界的牧辰星卻在覺醒前就知道了此事！

看著牧辰星心力交瘁的惶恐模樣，巫賢和牧非煙的心沉到了谷底……

牧辰星想著，巫賢竟然能夠創造出符文技巧這樣的傳奇科技，是否也有能耐可以幫助她呢？

然而，巫賢所能做的並不多，這一切全取決於牧辰星自己的心念。

只是，一個懦弱了二十來年的人，無論如何也無法在極短時間內變得正面積極，擁有堅定的心打破那樣的命運——牧辰星跳脫不開過去既定思維的束縛，註定了她終將覺醒為「終焉魔女」的命運。

巫賢無奈的告訴牧辰星，她必須自己堅強起來才能對抗宇宙的考驗，然而聽在一心想要向外求援的牧辰星耳中，這樣的幫助建議等同於沒用！

堅強？靠自己？

她根本堅強不起來啊！

直到最後，牧辰星因為恐懼惡夢而罹患上了嚴重的失眠症，拖垮了身子。在不得已的情況下，牧非煙只好帶她去看心理醫生，並且開了安眠藥讓她能夠順利入睡。

「終焉魔女」的惡夢終於結束了，卻演變成其他令牧辰星每晚總是在驚嚇中醒來的恐怖夢境，或是被先前她惡意詛咒的那些人追殺，或是身處一片無止境的黑暗之中，怎樣呼喚都沒有人來拯救她……她的夢境之恐怖，足以書寫成一本經典的恐怖小說。

噬魂在此時扮演了極其重要的角色，他開始飛速成長，並且成為安慰每晚從惡夢中驚醒的牧辰星的存在。透過噬魂的溫聲安慰，牧辰星才能勉強再次入夢。

只是日子一久，累積的壓力達到牧辰星無法承受的境界時，她竟然打算尋死。

當牧辰星絕望的來到自家公寓的頂樓，就想從樓頂跳下去一了百了。

只是當她滿懷恐懼的朝頂樓外跨出一步時，身後忽然飛出無數的符文序列將她已然傾斜就要摔下去的身體拉了回來。

此時，她驚恐的發現一件事：無形中有著一股力量會制止她，讓她無法求死！只要她有起心動念，就會立刻被人發現並且制止。

面對利用符文束縛住自己的姐姐牧非煙，牧辰星哭喊出聲：「姐，妳不要阻止我！我好累，不想再承受這樣的壓力了！」

「辰星，妳冷靜一點，不要這樣！妳的絕望會成為妳覺醒成『終焉魔女』的關鍵，不能絕望！不能想死，妳還有我們！」牧非煙同樣眼眶含淚，卻還是將牧辰星拉回了頂樓的安全區域。

「為什麼是我？！」牧辰星滿懷絕望，她哭吼著命運的不公。

牧非煙趕緊上前抱住了哭軟雙腳的她，哽咽出聲：「我們會陪妳一起面對的，哪怕世界毀滅。」

牧辰星淚眼婆娑的看了神色焦急的姐姐一眼，忽然好生疲倦。如果她不在的話，姐姐和阿賢就不用一直這樣擔心她的事情了。

只是，想到牧非煙和巫賢在一起的幸福表情，又令牧辰星滿心傷痛。她狠狠的推開了懷抱著自己的牧非煙，然後踉蹌的站起身，悲憤的對著頂樓那無盡的天空大聲咒罵，隨後跪倒在地，因為內心滿盈的痛楚與負面放聲大哭。

「姐姐，如果真的有那一天的話，請一定要阻止我成為世界的罪人……」

「好。」牧非煙看著妹妹痛苦的模樣，只能無聲落淚。

巫賢雖然趕了過來，依舊無法撫平牧辰星的心情。直到噬魂擔憂的嗓音傳進她緊閉的心房裡，牧辰星才終於恢復平靜。

這時，巫賢才恍然注意到，曾幾何時，噬魂在牧辰星心中的地位竟然已凌駕在他和牧非煙之上，他們兩人的勸說沒辦法令辰星感覺安心，然而噬魂的語詞，卻能讓她平靜下來。

牧辰星似乎太依賴噬魂了，這不是一個好現象。然而，辰星此時需要的是陪伴，卻恰恰是他無法給予的，這讓他只能繼續默許這樣的情形。

噬魂雖然被存放於墜飾之中，只能「感覺」而無法真正「看見」一些畫面。但因為他和牧辰星擁有相同的靈魂頻率，牧辰星心中的情緒，經常會傳進他心底。

起先，噬魂不懂自己這樣的心情是怎麼一回事。當牧辰星每次傷心落淚時，他就有種衝動想要替她做些什麼事情的想法，卻因為不知該如何是好，而兀自苦悶在心。

隨著時間推移，噬魂變得越發人性，也了解自己那樣的心情是怎麼一回事。

那樣的心情，叫做「心疼」。

為什麼會心疼？噬魂繼續探討自己的想法。

從一開始的茫然不解，到最後，噬魂漸漸了然自己的心情究竟是怎麼一回事。

捨不得她傷心，想要成為令她綻放笑顏、擁抱幸福的那個存在；想要為她拭去淚水，擁抱她的傷痛，成為她最堅強的依靠。

人類的言語文字中，有一個字詞完美的解答了噬魂這樣的心情為何。

——那是「愛」，比喜歡還要更高層次的一種激昂心情。

只要能令她展顏微笑，他可以奉獻自己的所有一切！

長時間陪著牧辰星，噬魂發現自己愛上了牧辰星，也知道之所以令辰星傷心的原因，是因為她失去了一個人的「愛」。

那他是否能成為填補她內心存在的角色呢？

於是，噬魂按捺不住衝動，向牧辰星發問了。

『辰星，我想，我愛妳。看妳難過我會心疼，想要成為安慰妳、令妳重展笑顏的那個人；看妳開心會令我感覺幸福，我希望妳能永遠繼續保持妳的笑容……我可以成為讓辰星幸福的那個人嗎？』

那怕自己只是個墜飾、只是個殘缺的靈魂碎片，但內心滿盈的火熱心情，讓噬魂忘了自己本是非人的事實。

然而，沒有形體的噬魂註定無法成為填補牧辰星內心空缺的那個人，所以牧辰星拒絕了他，並且表示自己已經無法再去愛誰了。

「如果我還有下輩子，噬魂又能成為人的話，或許我們會有機會在一起吧。」

噬魂沉默了許久。牧辰星可以感覺到他被自己拒絕而產生的傷心與震驚情緒，這讓她有些愧疚，但這也是事實……雖然噬魂的陪伴令她感覺安心，她也承認自己將噬魂視作心靈寄託，但她還想要更多。

諸如擁抱、諸如一抹溫柔注視的眼神……而這些，噬魂全都給不了。

所以她只能壓下心中的難過，拒絕了噬魂。

良久後，噬魂終於平復了心情，喃喃道：『只要我能夠成為人的話，辰星就能跟我在一起了嗎？』

「也許吧。」

『這樣一來，我也可以替妳抹去眼淚，在妳難過的時候給妳一個擁抱，成為讓妳幸福的那個人了吧？如果是我的話，我一定會讓辰星成為這個世界最幸福的女人。我會珍惜妳的眼淚，傾盡一切，讓妳不再傷心！』

牧辰星微微一笑，因為噬魂那極其認真的發言，不由得有些感動。

「如果噬魂是人就好了……這樣我就可以早點忘了巫賢了……」

因為牧辰星無心的一句話，讓噬魂發了瘋的想要掌握形體，最後，他依稀幻化出一位赤髮男性的容貌，卻是虛幻又模糊不清。

當噬魂第一次用那朦朧的影子出現在牧辰星眼前時，牧辰星激動得說不出話來。男性容貌模糊，卻依然能夠看得出對方擁有一雙赤紅色的眼睛……

不知怎的，對方的眼睛讓牧辰星感覺無比熟悉。

只是……

那終究是一抹虛影。

噬魂和牧辰星連擁抱與碰觸的資格都沒有。

這樣的認知反而讓牧辰星更加傷心了。

『辰星等我，我一定會擁有身體的，一定！我一定要用實質的身體擁抱妳，為妳遮風避雨，為妳擦拭眼淚——』

僅有虛影的噬魂，成了牧辰星當時內心的唯一寄託。

儘管無法擁抱、無法接觸，還是多少讓牧辰星懷抱了希望……只要這個溫柔又愛著她的存在能夠成為人類，她或許能夠擁有一份驅散她內心黑暗的愛情了吧。

只是巫賢卻親手毀去了一切。

巫賢沒料到噬魂竟然會愛上牧辰星，並且讓牧辰星懷抱了絕對不可能實現的願望！噬魂終究只是枚靈魂碎片，根本不具備擁有真實身體的能力，除非他找到自己的靈魂本體並且與之合而為一才有可能。

但無論巫賢和羅剎怎樣施展力量，試圖找到更多與魔女同等頻率的靈魂，卻始終沒有下文，連噬魂這枚靈魂碎片的靈魂本體都查找不到。他甚至還為了擁有更多的力量，再一次創造出了繼羅剎以後第二個全新的完美神陣，只是這一次蝴蝶模樣的神陣卻沒有像羅剎當時那樣自成靈魂，能夠提供的力量不多，巫賢只好將之封存了起來。

當巫賢機緣巧合知道了噬魂竟然掌握了幻化虛體的力量，並且主動向他請求希望能夠掌握真正的實體時，面對這樣一個對他而言是個失敗作品存在的要求，巫賢大為光火。

他並不認為噬魂真能帶給牧辰星幸福。

不想牧辰星深陷，於是巫賢便強硬的自牧辰星身邊帶離了噬魂，要她早點斷了對噬魂那初萌生的期許與情愫。

＊ ＊ ＊

「然而，那卻是導致辰星邁向最後結局的導火線。」牧非煙掩面痛哭。「我們原以為帶離噬魂能夠讓辰星冷靜，卻沒想到宇宙竟然趁她失去內心依靠，最脆弱的時候又讓她做了一場夢……」

巫賢語氣低沉的說道：「宇宙讓她夢到了我和煙兒在上個世界相愛的畫面。並且讓她知道，這個世界的她之所以會那麼不幸、會失去那麼多東西，全然是因為我和煙兒為了一己之私的愛，改動了命運，掠奪了本來屬於她的幸福，使她遭遇各種不幸。」

「也確實，我更改命運的起心動念是希望我和煙兒能夠幸福，我也知道我們的幸運會導致他人的不幸，但當時的我哪想得了那麼多？只是，我們沒料想到在這個世界的幸福，卻是建立在與我們至親之人的不幸之上……我現在很後悔我從辰星手中將噬魂帶離，那成了害死駱駝的最後一根稻草……」

巫賢用一種滿懷愧疚卻又複雜的眼神看向眼帶凶光的戰天穹。

若非一旁的戰龍死死壓著戰天穹的肩膀，否則此時的他早已因為回想起了噬魂當時被帶離牧辰星身旁的傷痛、驚慌以及對巫賢的恨意，暴起傷人了。

儘管戰天穹壓抑著情緒，但緊握的拳心卻是顫抖著，手背、額間青筋浮凸。

「爹，冷靜一點，那些都過去了。你現在需要的是了解那段你不曾知曉的往事，才更能把握拯救君兒以及協助她超越命運的機會。」戰龍提起了君兒，提醒著他，還有一個人在等他前往救援的這件事。

果然，聽戰龍提起君兒的事情，戰天穹的怒氣頓時消弭了幾分。

戰天穹森冷的赤眸瞪著巫賢，對巫賢此時才表露而出的愧疚大為震怒。巫賢的歉意來得太遲也太晚，僅因他很明白，當時的巫賢將噬魂強勢的帶離牧辰星身邊時，噬魂就已然恨上了那制止他與辰星在一起的巫賢……更別提之後發生的事情了。

「我要知道我被帶離辰星以後，辰星到底發生了什麼事？」

戰天穹粗啞著聲音發問，卻是以「我」一詞發言，顯然已經完全接納了自己曾是噬魂的身分。

他眼神仇惡的看著巫賢，說道：「我只知道，當時我被你強制進行某種我不理解的改造，每天都在痛苦中度過，如果不是為了想要再見辰星一面的意念支撐著，我這個靈魂碎片早就湮滅了！」

「噬魂，我們很抱歉……」牧非煙語出歉意，卻沒想到這句話竟然再次激怒了戰天穹。

戰天穹情緒失控，粗魯的暴吼出聲：「道歉有個屁用！辰星都已經死了！」

那是噬魂心中最深刻的痛，也是他的。

他激動的掙脫了戰龍的壓制，猛地站起身來，渾身星力暴動。

「阿鬼，冷靜一點！」卡爾斯神情凝重，用著粗啞虛弱的嗓音出言制止戰天穹。只是他勉強自己發言，還因為激動的情緒牽動了傷口，令傷口再次滲出了血跡。

「卡爾斯哥哥！」紫羽驚慌失措的吶喊出聲。

蘭葶緊上前操作治療儀，好得她也拿過醫療執照，這種儀器她還能夠操作。

「爹你冷靜一點，至少君兒還活著！」戰龍跟著站起身，竟然抬手直接揍了他養父一拳，直把氣得就要失去理智、當場爆發的戰天穹揍得出神發愣。

戰龍因為動粗而神情有些緊張，卻重複著那句話：「至少君兒還活著。爹，你和噬魂融合以後，得到了他多少記憶我不管，但現在的你已經不是過去那個束手無策，只能看著愛人在自己眼前慘死的噬魂了！你有力量，你是完整的靈魂。請冷靜下來把巫賢爺爺的話聽完！這樣你才能夠保護還活著的君兒！」

戰天穹深吸了幾口氣，才狼狽的坐倒回沙發上。他隻手掩面，不想讓養子看見自己此時的狼狽模樣。不過也因為戰龍的提醒和那一拳，多少讓他從回憶的痛苦中冷靜了下來。

戰龍在一旁有些惴惴不安……哦，他揍了他老爹，等等一定會被虐死……

巫賢正在等戰天穹冷靜下來，然後見戰龍一個魁梧大漢因為揍了自己養父而糾結慌張的模樣，不禁皺起眉來。

「雖然我不是很喜歡平白冒出一個便宜孫兒，不過看在戰龍你喊我一聲爺爺的分上，噬魂如果之後要找你麻煩，你就來找我。」

巫賢賞了戰天穹一抹挑釁眼神，竟是要主動庇護戰龍。

這讓戰龍有些受寵若驚。

「我的兒子我自己管。」戰天穹冷言出聲，同時瞪了戰龍一眼，讓戰龍臉上的尷尬化為神采飛

揚。

戰天穹的這句話，無疑肯定了自己是他義子的這件事。這讓始終被戰天穹否認身分的戰龍很是高興。

「如果你想娶我女兒的話，好歹算我半個兒子，你兒子也算我半個孫子，我管不行？」

「廢話少說！我要知道之後發生了什麼事，而這些又和你不讓我趕去救援君兒的靈魂有什麼關聯？」

「我知道你很著急，不過等你冷靜下來我們再談。之後的內容有更多會讓你憤怒的部分，我不想面對一個隨時有可能失控的莽撞傢伙。」巫賢推了推眼鏡，眼神又恢復了本來的冷漠。

這時，羅剎開口了。

「霸鬼，從你還是噬魂那時我就很羨慕你。」他用著男孩的稚嫩嗓音轉移話題，試圖談論一些能夠讓戰天穹分散怒氣的內容。

「儘管當時大部分的時間我都跟著父親大人在工作，和你沒有見過多少次面，可我透過父親大人在製造神陣與魔陣時設定的相生相剋的無形關聯性中，觀察到你的狀況。那時的我沒有感情，也不懂感情，我一直在觀察和辰星在一起的你……你會因為辰星而憤怒、而擔心、而憎恨，還有去

『愛』……那些都是當時的我沒有的情感。」

「我可以明白你無法擁有實體的痛苦，因為我也同樣嚮往著人的形體。有血肉、有心跳、會飢餓、會疼痛、會流淚……當時的我儘管能夠幻化身軀，卻和你一樣只是虛影，尤其當母親大人生下君兒以後，我體會到了你當時的感覺……」

「當滿懷希望的想要與對方碰觸，自己無形的手與對方有形的掌心交錯而過的一剎那，心裡泛起的酸楚疼痛是那樣的深刻。」

羅剎忍不住想起了君兒誕生的那時，自己虛幻的手和嬰兒那肥嫩小手交錯而過的回憶，內心有著深切的哀傷。

戰天穹只是用冷漠的眼神看著他。

「霸鬼，我知道你想說什麼，你想說，至少當時我可以虛幻出真實身軀吧？但你想想，就算當時的我有能力模擬出類似於人類的真實軀體，但卻依舊不是真正的人類。直到現在，我這具身體裡頭流著的依舊不是溫熱的血液……而你和噬魂雖然歷盡艱辛，卻掌握了真正有形的軀體，這樣你還不滿足嗎？」

「不要因為過去的憤怒而失去了理智，要看清楚自己此刻所擁有的一切。你擁有心跳，你還活

著，你也擁有了力量……你恨著父親大人也沒辦法讓辰星重新復活過來，所以就請暫時放下對父親大人的仇恨，好好將事情聽完。接下來父親大人要講述的內容非常重要，我不希望你因為一時的怒氣輕忽了細節。」

羅剎看著自己的手，忍不住又想起這雙手第一次握住君兒嬰兒時期小手時的激動。

君兒的手心是如此溫暖，而自己的手卻是如此冰冷。

無論他多麼希望自己能夠成為人類，他終究無法成為真正的人類。

「我很羨慕你……這一次的你，擁有了過去我所沒能擁有的『奇蹟』。別忽略了你所擁有的，那將是你能夠協助君兒超越命運的奇蹟之力。」

巫賢忽然自嘲一笑：「噬魂、不、戰天穹，其實我也很羨慕你。我在接觸命運軌跡的時候，注意到了一件很有趣的事情。『人類』與其他生物不同，和我這個天生能夠竄改命運的巫族人也不一樣，普通的人類大部分時間只能順著命運隨波逐流，但總有那麼一些人類，他們能夠憑著意志與堅持，打破命運本來為他們規劃好的未來！」

「儘管大多數人類無法改變自己的命運，但這卻是『被許可的』，只要人類能夠在命運的反撲下堅持到底，就能夠扭轉自己的命運！很有趣不是嗎？這是『人類』才能擁有的駁逆既定命運的資格，並且不會造成別人的不幸，甚至還有可能為其他人帶來更多的幸福。」

「儘管你和噬魂融合了，但你的本質還是人類，這點不會因此而改變——所以，好好把我的話聽完。君兒本身意志強悍，但她身為魔女又繼承了我巫族的血脈，雖然這樣的血脈擁有極其逆天的能力，使她擁有更多底蘊去挑戰命運，可也使得她將要面對遠高於我之上，更加艱困的宇宙考驗，必須有一個願意挑戰命運的人，站在她身邊陪她一同面對與分攤覺醒時的考驗和風險。」

「本來如果沒有意外的話，應該會是那對精靈兄弟陪在君兒身邊和她一同挑戰命運，只是此時這個選項等於廢棄了。第二個選項則是由我出面擔當那樣的角色，但逼不得已我是無法出面的，因為我的血脈註定了我是被宇宙排斥的存在，我憂心會惹來宇宙更加猛烈的反撲。而最後一個選擇……就是你。身為人類，加上和君兒的靈魂與情感緊密相依的你，或許能夠陪著君兒打破她覺醒成為『終焉魔女』的命運，協助她成為將絕望轉變成希望的『星星魔女』也不一定。」

戰天穹低垂著頭，看著自己交握的掌心，忍不住想起君兒手心的溫度……

「我知道了。」

他很幸運，因為這一次，他終於能夠牽住君兒的手，而不是與她交錯而過。

Chapter 152

泣血蝴蝶

牧辰星呆滯的自床上坐起，她仰頭看著自己房間的窗外，儘管晨曦方亮，驅散了夜晚的黑暗，卻無能驅除她內心的絕望陰影。

下意識的，她抬手就想觸摸本來掛於胸前的墜飾。只是，該處的空蕩卻讓她苦笑出聲——她都忘了，墜飾已經被巫賢拿回去了，她再也聽不到噬魂用著溫柔聲音和她說話了。

失去了墜飾，她同時失去了寄託與安慰。

現在的她多希望噬魂還在自己身邊，她多想看著他的虛影，向他傾訴自己心中的痛苦。沒想到自己的不幸竟然是源自於她此生最愛的兩個人——她的姐姐牧非煙，以及她的前男友巫賢。

「為什麼會這樣……」牧辰星腦中混亂，方才那真實至極的夢境令她有些不敢置信。

她也曾想過那只是夢，並非真實。但是想起巫賢車禍甦醒後的情況，以及本來和巫賢不來電的姐姐卻暗中開始和對方交會曖昧眼神的時候，一切本來她不理解的謎團忽然解開了。

性格大變令她很是陌生的巫賢，還有忽然愛上巫賢的姐姐，以及他們之間那彷如相愛多年的親密互動，無不表示著，事實正如那場夢境告訴她的一樣：現在的巫賢其實是來自另一個平行次元的巫賢，並非她所熟知的那個總會靦腆微笑、寵溺包容她的「巫賢」。

就連姐姐也是……變了個樣子。

那，這個世界的「巫賢」真的死掉了嗎？還是說，是另一個世界的巫賢為了侵占他的身體復生，所刻意害死的？

……答案自然是否定的。只是因為機緣巧合，這個世界的「巫賢」發生了車禍意外死亡，讓別世界的巫賢有機可趁的接手了他的身體而已。

只是這件事被牧辰星知曉後，以她總是悲觀與負面的思維模式，很快就將之當作了別世界的巫賢為了侵占這個世界的「巫賢」身體而刻意修改了他的命運，導致了這個世界「巫賢」的死亡。

如果不是因為他們，她就不會失去親愛的愛人，不用面對車禍甦醒後卻變了個性格的愛人與自己親愛的姐姐甜蜜恩愛時，自己內心的刺痛感受了。

「姐……我恨你們。如果不是你們的話，阿賢就不會死了，他的溫柔還是會繼續屬於我……這個剎奪我幸福，成就別人幸福以後卻害我變得不幸的世界，我不要了……」

「如果我終將成為毀滅一切的『終焉魔女』，那就來吧，我什麼都不在乎了。就連噬魂也從我身邊被奪走，我已經什麼都沒有了……」

牧辰星從床上站起身來，眼神空洞，笑容卻無比瘋狂。就在她做出決定的這一瞬間，本來漆黑的眼逐漸染上了詭異的紫紅色。

＊
＊
＊

就在巫賢將噬魂從牧辰星身邊帶離之後，他便和羅剎將噬魂自小巧墜飾上頭，重新移至另一個和本來的墜飾一模一樣，卻放大到足以被持於手中作為武器使用的槍型物件裡頭。

羅剎木然的聽著巫賢的指示，施展符文技巧，將噬魂的靈魂碎片自墜飾中剝離而出。

『巫賢，你們到底想做什麼？！我可以感覺到辰星的狀況很不好，快讓我回去！她需要我！』

噬魂語氣驚慌的高喊著，卻沒能得到巫賢的重視。

「閉嘴，你這個瑕疵品！如果你沒讓辰星擁有了無謂的希望倒是還好，但既然你讓她有了絕對不可能實現的願望，那便是多餘的！誰准許你一個瑕疵品愛上辰星了？你給她希望做什麼？你是想要害她最後身陷絕望嗎？！」

巫賢氣惱的怒叱噬魂，對於他這個殘缺的靈魂碎片愛上辰星而感覺震怒。對他而言，辰星值得更好的男人託付一生才對，而不是苦苦追求一個永遠不可能真實擁有軀體的虛幻影子！

『你一開始不就是期許我給她希望，讓她不至於沉淪負面，被寂寞吞噬殆盡嗎？我給她希望有什麼不對？雖然我知道現在的我沒辦法擁有真正的實體，但只要我找到了我的靈魂本體——』

「那要多久？！」巫賢的一聲怒吼止住了噬魂的發言。

噬魂沉默了，僅因他也知道那可能需要極長的時間。甚至，這個世界根本並不存在著他的靈魂本體，而要前往其他的次元才有可能找到。

「你給辰星的希望是不切實際的……你明明知道她那麼脆弱，還是賦予了她那樣悲傷的希望做什麼？你只是在害她！」

『我只是……』愛她而已。噬魂心澀的想著。

巫賢冷哼了一聲，指示著羅剎將噬魂的靈魂碎片放入那件雙螺旋羊角的尖槍之中。

噬魂沉默片刻以後，隨即冷聲問道：『如果你不是希望我能夠讓辰星開心，那又為何要讓我這個靈魂碎片擁有自我意識？』直覺告訴他，巫賢創造他不僅僅是希望他能夠陪伴辰星，其中似乎還有某樣不為人知的意義在裡頭。

巫賢的神情閃過一絲痛楚，卻沒有解釋。他看向羅剎，下達了新的指示：「開始進行調整。」

「是的，父親大人。」羅剎機械式的回應著，並且抬手揮灑出了更多光輝燦爛的符文，包裹住了整把長有兩米左右的羊角尖槍。

就在調整過程中，噬魂忽然明白自己被移動到什麼新物件之上——這東西是武器！

『巫賢，你們到底想幹嘛？』

「你不需要知道。工具只要乖乖做好工具的本分就好。」巫賢冷漠的回應著。

噬魂語氣沉重的詢問：『巫賢你到底想做什麼？你到底要與誰為敵？』

「只是做個準備而已……」

另一方面，不僅僅是巫賢在為最後一刻做準備，牧非煙也是。

此生的她只是一個平凡的人類，她的靈魂已經完全捨去魔女的那一部分，但她還記得魔女力量寄存於體的感受——若是辰星最後真走到了那一步，一定得有個人制止她才行！

既然是她和巫賢害得辰星成為「終焉魔女」，那就由他們親手終止那樣的悲傷吧。

牧非煙嘗試著利用符文的力量去模擬出魔女的毀滅之力！因為這是她唯一知道能夠與魔女正面為敵的力量，利用同樣的魔女之力，或許她可以制止辰星也不一定。但她得萬分小心，雖然要模擬力量，但不能連毀滅的意識都跟著模擬出來才行，她只需要單純的力量……

在無數的失敗之後，牧非煙利用符文技巧，讓自己終於觸摸到了那個被她捨棄的領域——「終焉一切的毀滅力量」！

儘管這並不是真正的魔女之力，卻幾乎讓已經化成凡人血肉之軀的牧非煙差點死去。若非巫賢在她身上留下了精神印記，在感覺牧非煙出意外的瞬間立即趕到她身邊，並且制止了她想強將力量寄存於體的過程，牧非煙恐怕就會因為無法承受毀滅之力而死亡。

只是，也因為成功的模擬出了魔女之力，牧非煙本來如尋常人一樣的黑眸，化作了紫紅色……

巫賢看著牧非煙變化了色澤的眼眸，深切的感覺心痛。在上一個世界，牧非煙最後的眼眸色澤從黑轉為紫紅，意味著魔女之力的覺醒。

儘管巫賢早知牧非煙決定要以符文技巧模擬出魔女的力量，卻沒想到她身為凡人的身體竟承受不住這樣的力量。為了遮掩牧非煙變色了的瞳孔，巫賢為她製作了一個符文裝飾。也因為牧非煙的事情，這時他們兩人才猛然驚覺一件事。

牧非煙在這個世界只是一個普通人類，她會老、會死；而巫賢則因為繼承了巫族所有的心血結晶，他可以修改命運，並且只要他有心，他得以生存永恆——但牧非煙不行！

以巫賢的能力，可以修改牧非煙的命運，讓她陪著自己直到永恆，但這麼做是否會害得辰星更加不幸？他們不敢賭。

因此巫賢只能尋找任何可能的正常管道，協助牧非煙提升身體強度的方式。

巫賢記得自己曾閱覽過一篇關於修煉身體的學說文章，當時他對那樣的論說非常感興趣，只是因為忙碌擱置了下來。聽說著作人將這篇學說上交了人類的科學總部，卻因為現在盛行的是符文技巧，這種鍛鍊身體的學說沒能得到重視。

巫賢最後找到了那篇討論「星力修煉」學說以及其作者，從那位名為余年的男子手中，得到了完整版本的「星力修煉」技巧。巫賢憑著直覺相信，「星力修煉」將會成為未來世界的主軸核心之一，因為他看到了這個修煉技巧的「命運軌跡」。

巫賢要牧非煙開始修煉這篇「星力修煉」的技巧，要她鍛鍊自己，並且讓自己的身體得以承載利用符文模擬而出的魔女之力。

時間緊湊，牧非煙在巫賢的協助下，終於趕在最後一刻來臨之前，掌握了「星力修煉」第三階段的「行星級」，並如巫賢所預料的那般，能夠完整的掌握魔女之力而不會反被毀滅。這樣的結果證實了「星力修煉」真的擁有足以讓人類進化並且掌握更多力量的功能，巫賢也順水推舟的將這份學說推廣了出去。

在這段時間裡，巫賢除去不停的調整被改製成武器的噬魂狀態，同時瘋狂的使用巫族術法，試圖尋找是否有任何機會能夠讓牧辰星不會成為「終焉魔女」的命運機會。

可惜，牧辰星自己掐斷了一切生機。

巫賢和牧非煙也因為忙於各自的工作，忽略了照顧牧辰星的心情。直到某天，噬魂感應到了牧辰星異常的狀況。

『巫賢！辰星她——』噬魂語氣驚慌，高聲喊道：『辰星的情況不對勁！我感覺不到她了！』

此時的巫賢，頭髮已然因為過度使用巫族術法而花白，眼眸也因為他新創造出的一個巫族術法——一本能夠自由翻閱世界命運軌跡與更動命運軌跡的禁忌咒書——而染上了與命運光點同樣的金色。

他正準備著一個極其隱密的計畫，卻還是因為噬魂的提醒立刻停止手邊的工作，並且聯繫上了牧非煙，兩人一同前往尋找牧辰星。

只是牧辰星卻失蹤了！

某種不祥的預感在他們兩人心中蔓延。他們知道，辰星終於走到了最後一步……

直到此時，牧非煙才恍然驚覺，自己竟然許久都沒有關心妹妹的情況了。巫賢則是自責自己太過於專注工作，而忘了監控辰星的「命運」，忘了去探查她何時會成為「終焉魔女」——或許他潛意識裡不想去面對這個事實，所以才下意識的投入工作，藉此分散他對辰星的愧疚與擔憂。

「辰星，妳在哪裡？」兩人擔憂不已。

這時，噬魂也才終於明白巫賢之所以要將他製成武器的原因，他們的敵人不是別人，而是他最愛的辰星！巫賢要利用他這個與牧辰星靈魂擁有相同頻率的靈魂碎片，殺死成為「終焉魔女」的牧辰星！

噬魂痛苦不已，他竟然是為了這樣的理由而被創造出來的。

他竟然是為了殺死自己最愛的女人而誕生的可悲存在！

如果可以的話，他寧願不要誕生啊……

＊＊＊

一隻美麗的蝴蝶，顫動著美麗的紫紅色蝶羽，輕盈的在太平洋上空起舞。

掌控力量的感覺如此美妙。

當「終焉魔女」的力量在她體內覺醒，一對美麗的蝶羽從她背上破體而出，讓她感覺到蛻變昇華的奇妙感受。彷彿世間的一切都將無法束縛住她，她是超脫這個世界之上的某種偉大存在——

「快看，那裡有隻蝴蝶！」

一艘太平洋巡洋艦在巡經該處時，意外的發現了那就算距離遙遠，肉眼卻清晰能見的美麗巨蝶……或該說，一位背生蝶翼的女子。

牧辰星已然陷入迷濛的狀態，分不清現實與夢境。她聽從內心的聲音，好玩的動動手指，狂暴的力量瞬間席捲四周，將那艘重達三千噸的太平洋巡洋艦切割成了無數殘破的鐵片。而上頭搭乘的工作人員，也化作了點綴鐵灰中的一抹抹鮮紅。

起初，牧辰星心中有過恐懼，卻忍不住被那強大的力量迷惑。

既然她一個彈指就能毀壞一個國家的巡洋艦，那若她全力而為呢？

隨著意念閃過，她一個揮手，一道力量直接向大海墜落，並且造成了極其猛烈的地震；一個甩手，雲層順應她的願望形成極其猛烈可怕的暴雨颶風。

生命在絕對的力量底下顯得如此脆弱。

『毀掉一切……』

毀掉這被巫賢修改過命運的世界，還有違逆命運之人巫賢以及背叛宇宙意識的上一任魔女牧非

煙這兩大罪人。

終究，牧辰星的意識沒有泯滅，她雖然恨著那兩人，卻也同樣愛著那兩人。

一行血色的淚滑落了臉頰。

然而，此時就算她後悔也來不及了。

就如夢境預言的那般，她還是成為了將要毀滅世界的「終焉魔女」。

當毀滅萬物的意識占了上風，第一件事便是要毀滅牧辰星曾經深愛的所有一切！只有這樣，才可以讓「牧辰星」這個人格完全泯滅、崩潰！也只有這樣，「終焉魔女」才能夠成為完全由毀滅意識主宰的存在！

察覺到了毀滅意識侵占自己身體後的第一個念頭，沒人能聽見牧辰星在內心深處絕望的哭喊與求救。

在回神以後，牧辰星痛苦不已，她自責自己為何那麼懦弱，輸給了毀滅意識。她最終還是不願毀了這個世界。哪怕這個世界帶給她無比的痛苦與悲傷，但總還是有一些不捨的人事物存在。

但牧辰星只能眼睜睜著看著「自己」破壞沿岸地區的城市，引發地震與海嘯，崩裂大地與高山，害得他人家破人亡、失去至親與摯愛——

然後，毀滅意識帶著她，來到了她最親也是最愛的兩人身旁。

一對老夫妻在一片狼籍的都市裡頭，正跟著其他居民逃難。一位背生蝶翼的女子落在他們前方不遠處，對方的容貌是他們所熟悉的小女兒，牧家兩老不由得面露震驚。

「牧辰星」臉上掛著血淚，用著牧家兩老最熟悉的聲音輕喊道：「爸爸、媽媽！」

「辰、辰星？」牧父錯愕的喃喃呼喚著她的名字，有些不敢置信。

牧母眼中有淚，見牧辰星在災難中平安無事，一顆牽掛著女兒的心終於放鬆了下來。

「辰星，妳沒事真是太好了！非煙呢，沒有和妳在一起嗎？」

身為人母，牧母果斷的忽略了牧辰星來到他們身邊的方式，對她而言，只要女兒平安無事，其他一切都不重要。下意識的，牧母就想上前走近牧辰星，卻被察覺到不對勁的牧父拉住了手。

「老婆別過去，那不是辰星！」牧父神情嚴肅的看著那笑容瘋狂的「女兒」——那彷彿瘋魔又極端傲慢的神態，不是他們養育了十來年溫柔又膽小的女兒會有的表情！

「牧辰星」笑容殘忍的說道：「答對囉，真正的辰星已經不在了，所以也要請爸爸媽媽去陪她囉。」

就在「她」的瘋狂笑聲中，那對養育牧辰星和姐姐牧非煙長大的牧家兩老，就這樣在牧辰星眼前化作冰冷的屍體。牧家兩老臉上的震驚與傷痛彷彿定格在死亡剎那，無言的傾訴著他們對牧辰星為何變得如此而滿懷不解與心傷。

『不——！』牧辰星絕望不已，然而身體並非由她控制，可透過毀滅意識的視角，卻彷彿是她親手殺了自己的父母一樣。儘管父母會拿她跟別人做比較，讓她傷心；他們也經常會問她一些令她不耐煩的問題，做出一些她不能諒解的行為，但他們終究還是她的父母啊！

『不要啊——』

「絕望吧，妳越絕望我的力量就越強……」毀滅意識用著牧辰星的嘴，低低呢喃著邪惡的語詞，直讓牧辰星痛苦萬分。

『拜託，殺了我！誰都可以——拜託，殺了我！』牧辰星哭喊著，然而她的聲音僅僅只迴盪在內心之中，沒能傳遞出去。

毀滅意識再度展翼，帶領著她，一一將她記憶中曾經有過美好回憶的人、事、物，完全摧毀。曾經有過美好記憶的學校、第一次和巫賢約會的地方、小時候搬遷過的老家……在魔女的力量之下，無一不成了殘破的廢墟，連帶也將牧辰星的美好回憶完全破壞殆盡。

泣血的蝴蝶展翼，帶領著牧辰星進入更深的絕望之中。

Chapter 153

殞落於星星之上

人類社會因為突然出現的蝶翼女子，陷入一片混亂之中。

「她」自稱是要毀滅世界的「終焉魔女」，並且利用強大的力量大肆破壞一切，毀滅建築、製造天災。

人類試圖使用符文科技抵禦魔女的來襲，卻意外發現，儘管有符文科技防禦，但瞬間襲來的攻擊中夾帶著的猛烈震盪波動，還是穿越了無形的符文防禦，傳進了城市裡頭，造成大片的建築毀壞，亦有不少人類慘死在那無形的衝擊波之下。

太過依賴科技的下場，就是軀體的脆弱，這使得魔女幾乎是不費吹灰之力，便在數個人類大城製造出了無數死傷。

無數的生命在她手下死去。

「牧辰星」嘴角掛著燦爛的笑容，忠誠的執行宇宙賦予她的任務。這個世界已經被罪人巫賢更動過命運了，等同於整個自然的規律被破壞，必須毀滅再建造才行。

但儘管她有能力一次將整個世界全部破壞，卻像是在尋找什麼似的，只是單純的在世界之中製造危機。

然後「她」像是感覺到了什麼，眼神一冷，第一次在侵占牧辰星的身體以後，皺起了眉。

無數燦爛的金色字符自世界某處延伸而出，組合成了絢爛的符文法陣，穩定了大地的動盪、平定了狂風的吹掠、和緩了海洋的暴動。

「終於肯出來了嗎？」魔女森然一笑，同時拍動蝶翼直往高空飛了出去，直到穿越大氣層，來到了地球以外的星空之中。

先前她刻意在世界上製造災難，為的就是引出此次任務的兩大目標——反正毀滅世界有的是時間，她並不急於一時；消滅兩大罪人才是她最主要的任務。

巫賢和牧非煙帶著羅刹，終於找到了那成為「終焉魔女」的牧辰星。

儘管巫賢在噬魂的提醒下有所警覺，卻還是沒能制止牧辰星對世界的破壞。

他看著牧辰星瘋狂的神情，彷彿再一次看到了在上個世界被毀滅意識操控的牧非煙。這讓他內心不由得浮現了幾分傷痛。

索性他還來得及反應，架構出能夠穩定整個地球星體的符文法陣，要不然地球絕對會因為牧辰星、不、或該說是「終焉魔女」的肆意破壞而步入自我滅亡的情況。

牧非煙背後一對以符文架構而成的蝶羽輕顫，她看著神情大變的牧辰星，淚流滿面。就因為她和巫賢希望能夠再次相愛的願望，才會害得牧辰星成為繼承她職責的「終焉魔女」。

只是，如果時光能夠重來的話，她和巫賢還是會再一次做出那樣的決定。

牧非煙和巫賢交會了一抹眼神後，牧非煙帶著羅剎和巫賢分成兩組，各自移到了牧辰星的左右兩側。

此時的「終焉魔女」低低的笑著，神色瘋狂。她可以感覺到有一個和自己同樣頻率的靈魂就存在於此處，那讓她有了危機感。沒想到罪人為了將她殺死，竟然找到了那不同於由宇宙意識分裂而出的她，而是由宇宙天然孕生，和她擁有相同頻率的靈魂嗎？

「對不起，辰星。」巫賢神情凝重的抬起手，將製成羊角尖槍的噬魂從另一個空間裡頭取了出來。

而方被拿出以後，噬魂先是咒罵了巫賢一頓，然後感覺到了辰星的靈魂近在咫尺，這讓他驚慌的吶喊出聲：『辰星快走，他們要殺了妳！』

只是現在的牧辰星已然無法回應他。

「對不起，我的妹妹，讓妳代替我們承受這些——請原諒我們！如果我們的存在一定得讓妳變得不幸，就讓我們親手終止這樣的哀傷吧！」

牧非煙哭喊出聲，卻是神情堅定，動用了符文模擬而出的魔女之力，率先朝牧辰星衝了過去。

羅剎授命跟在牧非煙身旁，小小的身子敏捷的飄浮在展翼狂舞的牧非煙身旁，抬手打出一道道符文協助牧非煙戰鬥。

巫賢則開始了他之前計畫好的布局——

既然牧辰星的命運已然註定，那麼，他要再一次扭轉命運，讓牧辰星還能有下一次的機會重新選擇命運！

巫賢翻開了手中的金書，將他們在星空中戰鬥的區域完全包裹進了無數的金色字符裡頭。為了規避宇宙的監控與反擊，他利用新創造的「命運咒書」試圖阻隔宇宙的窺看，遮掩這裡的戰鬥以及他之後將要進行的計畫。

最後，巫賢持著噬魂加入了戰鬥。

期間，不停的聽見噬魂哭求辰星離開，以及他對巫賢和牧非煙兩人的震怒咆哮。然而就如牧辰星已然被毀滅意識控制了身體一般，巫賢也無法控制自己的身體。

要做出這樣的弒親決定並不容易。

牧非煙痛苦了很長一段時間，終於在巫賢的勸說下，接受了他的提議，也接受了辰星此世命運已然註定的事實。他們只能將希望放在辰星的下一世……但此時，仍得終止辰星才行。

那意味著必須使用噬魂殺死牧辰星。

可侵占牧辰星身體的毀滅意識似乎也知道噬魂的危險，總會想辦法迴避掉噬魂的攻擊。

只是在巫賢和牧非煙以及幾乎擁有源源不絕動力的神陣羅剎三者的互相協助之下，再加上巫賢中斷了這個區域對外的命運聯繫，讓「終焉魔女」無法從宇宙中取得無盡的力量，攻擊與閃避的速度漸漸慢了下來。

這段過去，曾是君兒在春毒發作那時的夢境中所真實經歷的一切。

最後，被製成羊角尖槍的噬魂洞穿了牧辰星的腹部，在劇痛的瞬間，牧辰星的意識終於有了片刻得以拿回身體的掌控權。她主動的抓住尖槍，讓自己扎得更深更深，令傷口滲出更多的鮮血、使生命力瘋狂流逝。她甚至可以聽見毀滅意識在她腦海中，因為被同頻率靈魂製成的武器傷害到的尖利叫喊。

牧辰星抬頭面對含淚望著自己的兩人。

一個是她曾經深愛過的男人，另一個則是自己最親愛的姐姐。

她臉上滿是歉意，張口欲言，卻只能嘔出鮮血。

巫賢和牧非煙看著她嘴脣無聲輕啟，卻是明白了牧辰星最後遺留下的話語——

「……希望下一世的輪迴，我能夠成為一位充滿勇氣、意志堅定且不畏懼失敗的人，然後超越魔女的悲傷宿命，成為奇蹟的星星……希望愛我的人不再為我傷心流淚，我也願意為了我所愛的一切堅強努力……」

『辰星——不——』噬魂已然瘋狂。他不停哭嚎著辰星的名字，沉浸在自己竟然成為殺死摯愛的奪命武器的痛苦之中。

「我一定會實現妳的願望，一定！」巫賢轉為金色的眼眸慎重的注視著牧辰星帶著祈求的眼。

牧辰星露出了溫柔且帶著解脫意味的笑容，她最後神情遺憾的輕觸著那貫穿自己身體的尖槍，似乎明白了噬魂的意識就在裡頭，那讓她有些感嘆。

「對不起，噬魂。如果下輩子你能成為人，而我們能再次見面的話……這一次，換我來愛你。」牧辰星無聲的呢喃著她最後的祈禱，可惜噬魂已經陷入了無盡的痛苦之中，沒能聽見牧辰星留給他的「承諾」。

說完這句話，牧辰星便永遠的闔上了眼睛。

這一代的「終焉魔女」，終結在了星辰滿布的星空之中。

然而，這並不是結束，巫賢反手抽出了噬魂尖槍，招出「命運咒書」，想將牧辰星的靈魂剝離出來，要不然，她那來自於宇宙意識的靈魂一定會被宇宙回收帶走的！

只是做出這樣的舉止，卻是讓巫賢受創頗深，僅因死去之人將會根據宇宙的自然法則進入神秘的輪迴之中，但這意味著牧辰星的轉世不受控制。

巫賢打算介入牧辰星的輪迴，將魔女牧辰星的靈魂強硬的自宇宙法則中奪過來。

一團小小的、光芒暗淡的靈魂光球，被他封印在無數的金色符文之中，飄浮在牧辰星的屍體上方。直到此時，巫賢才疲倦的半跪在牧辰星身旁；牧非煙握著牧辰星已然冰冷的手心，痛苦的哭嚎不止。

巫賢顫抖著雙手，將牧辰星開始僵硬的身體抱進了懷裡，帶著幾分愧疚、幾分悲傷，流下了男兒淚。

「這該死的宇宙，祢以為這樣就能夠讓我絕望嗎？我絕對不會放棄這好不容易才能得到的幸福，就算祢將辰星從我們身邊奪走幾次，我一定也會找到辦法，讓她超越命運的控制，成為和我與煙兒一樣跳脫命運的存在！」

巫賢轉頭看向了星空的某一處，他明白宇宙已經盯上他們所處的世界，若是他們讓辰星順利復活的話，她一定會遭遇到相同的輪迴，並且被壓力擊垮。

他得替辰星創造一個環境，一個能夠讓她順利成長並且反抗命運的環境……

巫賢的計畫是瘋狂的，他打算再次更動命運軌跡，這一次他要變更整個星系的命運——從過去與現在開始！

在奪得魔女的靈魂之後，巫賢動作沒停，再一次利用噬魂尖槍，試圖想要像牧非煙在上一個世界所做的那樣，將魔女的力量——也就是毀滅意識的部分，從牧辰星的靈魂裡頭挖出。

只是最後出了一點差錯，宇宙多少還是留了暗手。

毀滅意識的部分與牧辰星的靈魂緊緊相依，這一次不同於牧非煙那次，只要牧辰星的靈魂被挖除了毀滅意識的部分，她的靈魂將會崩潰消亡。

不得已，巫賢還是留了部分毀滅意識在牧辰星的靈魂之中，卻自她的靈魂中挖出了魔女之力，交給了能夠掌控魔女之力牧非煙。他拿出了自己繼羅剎以後第二個創造出來的完美神陣，將那蝶翼模樣的神陣圖騰埋進了牧辰星的靈魂中，填補她被奪去魔女之力造成的靈魂缺口。

儘管因為毀滅意識沒有根除，往後辰星還是有可能重新新生魔女之力，但巫賢刻意填入她靈魂之中的蝶翼神陣，卻能夠讓辰星擁有不同於魔女之力的力量……這其中也寄託著，巫賢希望辰星在未來成長時，不要過度依賴魔女之力的期許。

最後，由牧非煙繼承了那份並不完整的魔女之力，她憑著自己的符文技巧以及星力修煉後得以承載更多力量的身體，保存了屬於牧辰星的魔女之力，將之融煉成自己新的力量。

完成這些以後，巫賢馬不停蹄的來到了原界太陽星系外圍的冥王星上頭，並且暗中修改了此處的命運軌跡——讓本來不曾存在於此處的、那扇在未來連接著新界與原界的時空大門，在「過去」的時間裡，被一個偶然路經地球的高科技外星民族建造而成，又修改了命運讓那支外星民族因故離開太陽系，沒有干預地球人民的生活。

巫賢另外利用命運軌跡，尋找到了一個類似地球的生命行星，並且將之融煉進了他在修煉了星力、花了漫長時光達到星神級以後而擁有的「星神世界」裡頭。並且在冥王星上時空大門的另一頭，建立了一個連接口，將在他掌控之下私有的星神世界，與真實的時空——也就是後來改稱「原界」的太陽系，連接到一塊。

「星神世界」是一種人類的領域自我進化成如同真實時空宇宙的神奇領域，在這裡頭的世界幾乎與真實的時空相同，並且讓身處他的「星神世界」的人類擁有能夠變更這個世界命運的權能——很顯然的，「星力修煉」以及裡頭的記載與「星神世界」，是一種被宇宙默許存在的力量。

巫賢為了保存力量，決定要將那顆行星作為自己「星神世界」的根基，並且為這顆行星移來了恆星與兩顆擔當月球的衛星，建立出了一個適合人類生存的環境。這樣的環境在真實的宇宙之中，成了一個獨立於真實宇宙，能夠被他掌控在手的絕對領域——這裡將是辰星未來成長與挑戰命運的場地！

同時，巫賢率先進入行星上頭，瘋狂的建造著各種不同功能的遺跡，好為了抵禦宇宙未來可能會派出更多如魔女一般的仲裁者。他需要替自己和自己所愛的人，建立出一個適合他們戰鬥的環境。

發狂的噬魂被巫賢再次改造，並將之改成遺跡深埋於大地之上，自此噬魂陷入沉睡；羅剎的本體「神陣滄瀾」也被巫賢改造成了守護行星的防禦巨塔；巫賢還建造了能夠防禦整個星系「虛空屏障」裝置的遺跡；除此之外，還有恆定星系功能等的各樣遺跡。

也就是這個時期，牧非煙和羅剎在行星上頭發現了精靈族。他們介入了當時新界上頭的精靈內戰之中，最後使用巫賢設置的星系防禦系統，強制將選擇背叛精靈一族的精靈女神與其信徒驅逐出了新界。

計畫終於來到了最後一步，巫賢期許著再次轉生的牧辰星，能夠成為和他以及重新擁有魔女之力得以超越命運的牧非煙一樣的角色。所以重生後的牧辰星，必須繼承巫賢那遭到宇宙仇惡追捕的巫族血脈與那挑戰命運的天賦。

巫賢和牧非煙結合，並且透過這樣的方式重新賦予了牧辰星新的生命。

於是，君兒誕生了……

當粉嫩的小女嬰降生時，巫賢激動的捧著那與他血脈相連的孩子。往昔沒能回應牧辰星的感情，轉換為了另一種得以付出給予的情感——那屬於父親給予女兒的「父愛」。

只是，或許是因為君兒的血脈特殊，再加上魔女的靈魂曾經受過創傷，使得她繼承來自巫賢的天賦並不完全，而是成了一種能夠「控制」自身力量的天賦，也就是君兒後來擁有的那份能夠控制星力的特殊天賦。

巫賢看著漆黑眸中擁有無數星星光點的小女嬰，神情難掩激動與瘋狂。他在小女嬰的額上與臉頰上落下親吻，喃喃道：「終於，妳回來了……辰星。」

他和牧非煙同樣的感動與欣喜。

這是他們最親愛的妹妹，也是最愛的女兒。

奈何巫賢還有其他的布局必須去執行，所以離開了剛出生的女兒數個月，這段時間只能由牧非煙與羅剎共同照顧君兒。也就在此時，羅剎因為君兒的出現，開始擁有了人類一般的心智與情感，並且開始不由自主的進化，直到能夠利用符文的力量模擬出真正的軀體來。

在這段時期，地球上的人們因為「終焉魔女」的毀滅行徑，認知到了符文儘管能為他們的生活帶來便利，卻無法真正的保護他們。於是，「星力修煉」那篇學說開始在人類世界廣泛流傳。

百年過去，巫賢的一切布局已然就緒，在他刻意的指引下，一批隕石撞擊冥王星，將他更動過去命運製造出來的時空大門顯露出來，並被人類的星空探險隊發現。

當人類發現那扇神奇的大門背後連接著一個奇異又美麗的世界，新世界的探險變得極其火熱，而當人們發現要通過那扇大門，必須是研習過星力修煉，並且達到第三個階段行星級的人才能前往時，人類世界陷入一股修煉的熱潮之中。

這也是巫賢所期許的。

當人類集體的力量到達某個界線，宇宙為這個被不斷更改命運的世界降下了絕麗景致的災難——星辰淚火降臨了！

只是，這本來要毀滅地球上一切生命的星辰淚火，卻成了巫賢將君兒逆轉時空送到未來時間的主要動力來源！

巫賢和牧非煙含淚將還沒一歲大的君兒利用星辰淚火的力量，送到了遙遠以後的時空之中。他們忍住與女兒分離的痛苦，繼續他們長達千年的計畫。

巫賢最後選擇在建有「虛空屏障」功能的遺跡裡頭進行漫長的休眠，好等待君兒最後來到新界，迎接此世魔女覺醒時刻到來的那一天。

接著，龍族隨之而來。

這整個新界，就是巫賢替君兒準備的用於抗爭命運的場地。這裡是他的「星神世界」，他可以盡自己最大所能協助君兒抵抗命運，甚至是將宇宙對這處的影響壓到最低，不讓宇宙有機會干涉君兒的成長。

只是，當精靈王靜刃將君兒的靈魂奪走，離開他的「星神世界」以後，無可避免的，宇宙提前降下了星辰淚火，宣示著危機將提前到來。

而至於這個世界除精靈以外的另一大異族「龍族」，他們之所以那麼執著要破壞新界，原因是因為龍族是宇宙意識派來的「宇宙仲裁者」，為了消滅違抗宇宙命令的前代魔女牧非煙、罪人巫賢，以及毀滅被巫賢利用禁忌血脈重新孕生的魔女君兒而來，同時也要毀滅這個被巫賢操控命運的世界！

＊＊＊

「等等，既然如此，你為何不一開始就將君兒送到新界的未來，而是將她送到原界的未來？」

戰天穹皺眉，問起巫賢一個很關鍵的重點。

巫賢狠瞪了戰天穹一眼，他神情浮現幾分猙獰。

「不是我不想，而是不行！說實在的，我也不曉得宇宙的目的為何。我在君兒誕生以後，便和煙兒一起觀看了她大致的命運軌跡；只是因為那時的君兒才剛出生沒多久，命運軌跡還沒固定，我們只能依稀看見幾個重要的關鍵——若是我直接將君兒送到未來的新界，反而會將君兒送到一個完全看不清未來軌跡的命運之中。我唯一能做的，就是根據君兒那時還模糊不清的命運軌跡，將她送到能夠讓她平安成長的原界的未來。」

「我只是有個懷疑而已……我懷疑宇宙是在『觀望』什麼。但無論我怎樣觀看命運的軌跡，都無法看出宇宙的目的。還有一點很奇怪，當時辰星成為魔女以後，除去抹除我們以外，明明還有毀滅地球的任務指示，但當我們制止辰星以後，宇宙卻沒有再派出任何仲裁者抹除被我更動過命運的地球。直到至今，地球依然存在……我們得小心一點，我懷疑宇宙會在君兒覺醒那時動一些手腳。」

戰天穹深思，其他幾人也因為巫賢的講述告一段落，而陷入一陣沉默之中。

良久之後，巫賢見眾人消化了他先前講述的內容，才繼續說了下去：「我之所以會要你別過早前往神眷精靈族救援君兒的靈魂，是因為除了我之外，還有人更動了自身的命運……」

「那位神眷精靈王，也就是靈風的雙生兄長靜刃，他變更了自己的命運。雖然我不知道他是怎麼辦到的，但這件事多少與他的弟弟有所關聯。我在觀察命運的軌跡時，隱約得知你必須跟著靈風和他的族群前往神眷精靈族，並且趁著兩位精靈王互相殘殺，他們彼此的命運發生衝突時，那時候前往救援君兒才會是最完美的時機。」

牧非煙輕輕一嘆：「這件事我和阿賢都沒有讓靈風知道，就怕影響靈風的決定。但有一件可以肯定的就是——只有在兩位精靈王刀刃相向時，才是拯救君兒的最好時機！若是錯過這個時機或提前，都很有可能導致事情邁往不可預料的情境。」

戰龍錯愕的瞪大了眼，「等等，這一次的星辰淚火不是沒幾個月就要降臨了嗎？儘管靈風會出戰，加上使用新式戰艦全速航向碎石帶神眷精靈族的領地，但也要等他安排好族群集體遷移的事宜，這少說需要一個月的時間！」

他越說越急：「我爹雖然會跟著永夜一族的艦隊出發，可他必須等候靈風與他哥哥正式開戰的那一刻才能出動；但就算我爹救出了君兒的靈魂，也因為永夜一族與神眷一族將全面開戰，永夜一族是沒辦法護送我爹和君兒的靈魂回航，我爹必須透過瞬間移動趕回新界……更別提，前往碎石帶的過程可能會發生各種拖延。這樣趕得及在星辰淚火降臨前，將君兒的靈魂帶回來嗎？畢竟，我爹雖說是人類之中的最強者，但從碎石帶趕回新界少說也要好幾天的時間……」

「剩下幾個月的時間足夠了，現在只要靈風的遷移安排完成即可。至於戰天穹……如果他掌握了星神級的真正力量，只需要轉瞬間就可以抵達新界的星系邊緣，那幾乎只是眨眼間就能辦得到的事情……現在的他，並不是真正的星神級。」巫賢一臉嘲諷的掃了戰天穹一眼，同時抬手解除了封閉眾人身旁的金色符文。

「踏入星神級卻沒能掌握星神級的力量，這樣的他只能勉強算得上半個星神級的修煉者。宇宙會對這個位階的修煉者有所限制，這也是極難突破的一個瓶頸。畢竟，想要真正擁有一個完全屬於自己的世界並不容易。看樣子，我得為某個我討厭的傢伙破例分享我之所以能夠突破這個瓶頸，擁有星神世界的經驗了……」

「戰天穹你跟我來，在前去救援君兒之前，你得真正掌握星神級的力量才行。」

巫賢站起身，利用金書召喚出了一扇不知通往何處的門扉，不顧戰天穹接受與否，率先一步走進了散發著光輝的門扉之中。

「去吧，噬魂。我知道你還是痛恨著阿賢，但就請為了君兒……」牧非煙焦急的看著戰天穹，就怕他會拒絕接受巫賢的指導。

「我知道。」戰天穹冷冷回了一句，跟著跨進了那扇門扉裡頭。

為了君兒，哪怕是他仇惡之人的指導，他也願意忍氣吞聲的接受！

戰龍看著戰天穹沒入門扉中的赤紅背影，不由得長長一嘆。他回過頭，歉意的對著牧非煙說道：「抱歉，非煙奶奶，我爹就是這種性格的人……既然事情談完了，那我得和羅剎一起去準備戰爭的先行事宜。」

儘管被戰龍這樣多次稱呼，牧非煙還是有些不太適應自己已然成為「奶奶」，但還是溫柔的對著戰龍揚起一抹笑，然後輕推了推賴在自己身旁的羅剎，示意他跟上戰龍前去工作。

羅剎嘴中嘟囔著抱怨，最後還是跟著戰龍一塊去忙碌了。

緋凰和阿薩特接連道別了牧非煙。今天得知的消息實在太令人震驚，他們得回去好好消化才行。

紫羽和蘭留下來照顧卡爾斯。醫療室裡只剩下蘭操作治療儀時響起的提示音。

牧非煙默默的等在巫賢召喚出來的門扉一旁，等待著那兩名各自為了保護君兒不停努力的男性們歸來。

在等候過程中，牧非煙拿出了一張先前戰天穹與君兒求婚以後，眾人和他們一起合拍的照片。照片中的君兒笑得幸福，令牧非煙看得心澀又是感慨，她從來沒有看過辰星這樣幸福的笑過。

牧非煙忍不住回想起羅剎轉述的、那關於戰天穹與君兒相愛的過程，正如辰星所期許的那樣，這一世她真的鼓起勇氣愛著噬魂了呀！

「希望此生的妳，真如妳前世所祈禱的那般，成為奇蹟的星星……」

Chapter 154

千年謀略只爲今日

靜刃站在神眷精靈族領地外的懸崖上，看著巫賢化作白金色的流光離去，本來冷厲的眼神這才鬆懈。果然就如他猜想的，白金魔神無法離開虛空屏障！

他手上拿著一團小巧微弱的光團，光團傳來了少女微弱卻又茫然的問話：『發生……什麼事情了？這裡是哪……』

君兒的記憶還停留在靈魂被靜刃從身體帶離那時，儘管痛楚已然結束，但她的思緒還有些混沌，且不能理解自己此時為何不能掌控自己的身體——她還不理解自己的靈魂早已被帶離身軀，還沒有認知自己是以靈魂體的形式存在。

「魔女、唔、我還是稱呼妳的名字吧。君兒，這裡是你們人類稱作『神眷精靈』一族位於碎石帶上的領地。」靜刃用著與兄弟靈風同樣優雅如歌的嗓音如此說道。

「抱歉，因為我的願望，所以妳必須『死』……」

『死？』君兒一愣，此時的她渾沌的意識才終於緩慢的清醒了過來。她可以清晰的「看見」靜刃，卻很清楚自己並不是用真正的眼睛看到他的，而是用另一種類似於精神力的視角看到了靜刃。

察覺到自己現在正被靜刃掌控著，君兒語氣嚴厲的質問出聲：『靜刃，你到底對我做了什麼？！』

靜刃語氣平靜的回道：「沒什麼，只是將妳的靈魂從身體裡頭帶出來了而已，現在的妳只是一個靈魂體，所以自然沒辦法控制『身體』，也無法從我的神力封印中脫逃。」

君兒一愣，驚呼出聲：『你竟然——難道你就不擔心靈風恨你嗎？』

「為什麼我要顧慮他的想法？」靜刃反問道。

君兒為之啞然。

『為什麼要做到這種程度……你不是已經成為半神，也從神騎契約中脫離了嗎？那為什麼又要將我殺死？』

「其實妳並不算真正的死亡，唯有靈魂的死亡才算是真正意義上的『死亡』。」

靜刃邊回答君兒的問題，邊展翼來到了神眷精靈一族的精靈母樹前方，同時利用神力阻隔了此處，不讓那些失去精靈女神的精靈們擅自闖入此處。

靜刃一手觸碰了母樹的枝幹，神情變得柔和。

「母親，魔女就拜託妳了……」靜刃捧著君兒靈魂光團的那隻手竟然沒入了母樹枝幹，猶如穿透一層水膜，將君兒的靈魂放入了精靈母樹之中。

『靜刃你——！』

「好好休息吧，君兒。之後妳將要面對的是這個宇宙最大的考驗……如果妳不想重複前世的絕望，就靜靜的待在母樹裡頭休息吧。對了，請不用擔心妳的靈魂離開虛空屏障會引來龍族攻擊，我在很久以前就暗中和某個存在達成了協議，唯有在星辰淚火降臨之後，他才會指揮族群向妳和新界發動攻擊。」

靜刃縮回手，掌上已無靈魂光團的蹤跡。此時，他的神情浮現了疲倦。頹然坐倒在地，背靠著母樹，靜刃欣慰又滿足的嘆息了聲。

「終於走到這一步了，我的願望就近在咫尺……」

被靜刃放入母樹枝幹裡頭的君兒，彷彿進到了另一個異世界裡，母樹裡頭是一個散滿著螢綠光輝的美麗世界，植物孢子與奇異的花卉植物開滿其中。而當她被放進裡頭，這個世界探出了溫柔的綠色觸鬚，將她帶往了更深處——直到來到一顆殘缺不齊的菱形水晶之前；水晶散發著另一種不同於星力的力量。

那些溫柔的纏繞君兒靈魂的根鬚將她捧到了水晶前方，並且連同水晶一塊包裹了起來。

君兒可以感覺到，水晶裡頭的力量經由觸鬚的轉換，從陌生奇異的力量轉換成了她熟悉的星力，朝她的靈魂流了過來。

『這是……？』

君兒一愣，她可以感覺到自己的靈魂之中，那造成她每年都會有一次劇烈頭痛的靈魂傷勢，正在緩慢復原痊癒的異樣感受。

她不明白靜刃為何只是將自己的靈魂從身體中帶離，卻沒有其他行動？

君兒揣測著靜刃的意圖。還有他剛剛說的，跟「某個存在」做了協議究竟是什麼意思？

「君兒知道我繼承了精靈王的記憶吧？靈風應該有和妳說過這件事。」靜刃忽然說道。他的聲音自樹幹外頭傳進身處樹身內部奇異世界的君兒心中。

『你……究竟想說什麼？』君兒的嗓音有些氣悶，顯然不怎麼願意和靜刃談話。

面對這位讓自己深陷危機，還惡意將自己靈魂帶離的男子，她實在無法好聲好氣的與之談話。不知道卡爾斯到底怎麼樣了？她愛的那個人呢？是否順利完成任務回來，在看到她失去靈魂的軀體以後會做何反應？

「如果妳是在擔心那位金頭髮、使用劇毒能力的男性的話，妳大可不用擔心，我重傷他只是不想要他來妨礙我的計畫進行而已，我沒有殺死他。」靜刃難得出聲解釋。頓了頓，他又語氣溫柔的問著：「抱歉，妳很擔心他吧？對方是君兒的朋友嗎？」

靜刃的語氣讓君兒忍不住想到靈風，頓時語氣有些不悅的回道：『他是一位很照顧我的前輩！還有，請你不要用這種和靈風一樣溫柔的語氣跟我說話，我們是敵人！』

然而，面對君兒的冷言相向，靜刃卻是笑了：「呵呵，靈風變得溫柔了嗎？他以前是個彆扭任性又愛惡作劇的調皮孩子，現在終於懂得如何對人溫柔了。」

他用一種緬懷又感嘆的語氣說道：「靈風是個好孩子……」

『但你卻一直傷害他。』君兒冷冷回應。

靜刃漠然。

良久後，他才語氣平緩的開口：「我有我的理由。我知道妳和靈風關係很好，所以無法諒解我對我兄弟做出的事情。但為了我的願望……我不得不這麼做。」

靜刃抬起了左手，這隻手背上曾經烙著那讓他痛苦的契約翼紋，卻也是聯繫著他與兄弟的唯一牽絆。如今，那層牽絆因為他成為半神以後而破滅，雙生兄弟靈魂上的連結也被他斬除——沒人能夠理解他和靈風因為斷開連結的那種痛楚。

不同於男女之間的愛情，他和兄弟之間的感情，那是比血肉更加深刻，建立在靈魂之上的親情。靈風就像另一個他一樣，若是割除那一部分，會覺得自己似乎不再完整。但為了他的那份「願望」，捨下靈風是必須的。

再痛苦，也必須承擔這份痛苦。

「有興趣聽聽我的故事嗎？」靜刃語氣輕快的問著，彷彿不在乎君兒對他的敵意與冷淡。

君兒想拒絕，但此時，纏繞著她的綠色觸鬚忽然傳來另一道意念，希望君兒能夠繼續聽下去。

那是這株精靈母樹的思維意念。

於是君兒沉默了。

靜刃久久等不到君兒的拒絕，心裡鬆了一口氣的同時，也感覺到了幾分安慰。一直以來，他無法向誰傾訴自己的心聲，就連他最親近的兄弟、他的那些族人，都沒有一個人能與他分擔自己累積了千萬年的沉重。

唯一支撐著他的，只有那由始至終包容著他的精靈母樹了。

靜刃用著那與靈風相同，卻又帶上了幾分滄桑的聲音，講述起了屬於他，或者該說是「精靈王」的故事……

一開始只是一份願望，最後那份願望雖然成就了自己希望能夠幫助族群的意念，卻在無形間讓

自己背負了整個族群眾人的沉重期許。

就在不知道第幾次的轉生，精靈王開始厭倦了這樣的生活。出生、忙碌於王的工作、率領族群做出一至多項的重大變革、老去死亡。沒有誰能夠在他的生命中停留，一直以來，都只有他自己。順應族群的意念而生、而死。從來不是為自己活著。

嚮往著愛與被愛，卻不被允許。因為他是王，註定要站在族群的最高處，沒有誰可以靠近，沒有誰膽敢接近，沒有誰能聽見王內心的寂寞。

一世又一世，漫長的輪迴與不停累積的記憶，壓垮精靈王本來堅強的心靈。他開始渴望自由，真正意義上的自由，脫離王這個身分，以普通存在生活的自由！

像一個普通人一樣，可以追求自己所嚮往的、擁有自己所渴望的一切。

「由於記憶是累積的，所以王有很多的『時間』，不僅可以進行自己的工作，也可以創造新的法術，然後某一任的精靈王終於創造出了能夠看見『命運軌跡』的法術……但身為王，我很清楚我僅僅只能去看，不能真實的介入與更動自己的命運，不然我的幸福可能會為族群帶來不幸。」靜刃語氣嚴肅。

精靈族在新界上存在的時間之漫長，足以追溯到數萬年以前。

就在距今將近萬年以前，當時的精靈王在不停的觀看命運的過程中，找到了一個可以突破自身命運的關鍵點——那就是由宇宙意識分裂而出的「魔女」！

精靈王同時得知，魔女將在無數歲月之後會與他們精靈一族產生交集，那時將是他把握機會的大好時機。

於是，在那遙久之前，精靈王的計畫開始了……

他使用漫長的時間準備，並創造未來可能會需要用到的法術。在不停的轉生之後，他終於得到了那一個能夠改變命運的機會。

就在人類正式發現新界的前一、兩百年間，巫賢、魔女牧非煙以及羅剎率先一步來到新界。後兩者強勢介入了他們精靈一族的內戰，強逼他簽下保護真正魔女的靈魂契約。

只是沒想到，魔女的契約之中竟然逼迫著他必須連心與感情都一起奉獻……這極其諷刺，因為他一直以為得到魔女的契約就得以完全得到自由，沒想到竟是落入另一個新的牢籠。

但精靈王並沒有因此放棄希望，他利用殘存的性命進行命運軌跡的推算，並且終於下定決心要

動手更動自己的命運……儘管這代表著可能會導致族群邁向「不幸」，然而他已經疲倦了，再也不想承載這樣的無限輪迴，只想要自私一回。

然後，就在人類抵達新界，宇宙曆約莫四千多年時，精靈王再次轉生，這一次因為前一代精靈王的更動命運，王的靈魂一分為二！

在誕生的那一瞬間，靜刃知道他不停期許的願望終於能在此生實現了！

巫賢和牧非煙為了昔日牧辰星的一份願望，進行了千年之久漫長的計畫，精靈王靜刃又何嘗不是呢？他不過就是反過來利用了魔女而已。

『就這樣？為了你那膚淺的自由？！』君兒在靜刃講到一段落以後，氣憤的怒罵出聲：『所以你成神之後自由了，但靈風呢？換靈風代替你承擔王的責任，你知道他過得有多痛苦嗎？身為靈風的哥哥，你明知道靈風的性格不適合為王，居然將自己都承擔不起的痛苦丟給靈風，要他代替你承擔那樣的宿命？說白了你終究是一個自私的男人！』

「自私嗎？」靜刃坦然一笑，眼中卻有著沒人能看懂的深邃。「是，我很自私，我一直追求著我所嚮往的『自由』……所以只能對靈風說句抱歉了。」

『你！你這個混帳哥哥！靈風有你這樣的哥哥真是不幸！』

靜刃只是微笑，面對君兒的「誤會」，他沒有打算多加解釋。

「但有靈風這個弟弟，是我的幸運。」他語氣溫柔的說著。

他只是想要傾訴，沒打算讓君兒諒解或明白。

王的願望太過深刻，一方面期許著「解脫」，另一面卻又期待著「自由」，這樣兩相矛盾的願望註定會傷害別人，包括他的靈魂兄弟。

靜刃喃喃自語道：「由我一個人來承擔就夠了……」

君兒冷哼了一聲，沒能聽出靜刃這句話裡頭蘊藏的深層含意。

一個已經實現「自由」願望的人，哪還需要「承擔」什麼？

「睡吧，君兒，謝謝妳聽我說話。」

靜刃忽然一個揮手，君兒便感覺纏繞在自己靈魂身上的觸鬚傳來了更多的力量，讓她疲困不已。無形中，彷彿有道聲音輕語著要她原諒靜刃，那讓她有些抗拒。

『靜刃，你會後悔的……』君兒語出警告，最後話語帶上了幾分含糊。

「我不會後悔的，永遠不會。」

在她昏迷之前，她聽見了靜刃語氣平靜的回應，那讓她感覺不對勁，僅因靜刃的語氣太過……幸福？應該是她聽錯了……

靜刃靠坐在母樹的枝幹上。

此時，樹木隨著風的晃動，落下了幾片綠葉，那如翡翠水晶般的綠葉最後落到了靜刃頭上，被他持在手上。

「母親，不用擔心我；不過這一次要妳和我一起迎接精靈王的『結局』，真是抱歉……」靜刃有些哀傷的看著綠葉，忽然鬆開了手，任由風將葉片自他手邊吹離。「就讓我們一起迎接那份我們期許的未來吧。」

母樹被風吹得沙沙作響。靜刃闔眼傾聽母樹的聲音，臉上只有滿滿的歉意。他忽然想念起了奇蹟星上的另一株母樹。

靜刃遙望著奇蹟星所在的方向，內心只有懷念。他嘴邊掛著淺淺又柔和的笑，只有在沒人的時候，他才能褪下冰冷的偽裝，展露出隱藏在嚴肅與冷漠底下的真實情緒。

「快來吧，靈風。宇宙留給我們的時間不多了，現在的你一定使用了那個禁術了吧？我很期待你蛻變後的模樣，因為那是我——」

一陣風吹過，吹散了靜刃最後的低語，將那隱藏著期許與安慰的語詞吹散……

＊＊＊

新界・永夜之境

站在精靈母樹底下的靈風正對著族人講述遷移事宜。忽然一陣風吹來，彷彿帶來了某人的呢喃，讓他忍不住偏頭朝天空的所在望了過去。

「真正的願望」？這句話是什麼意思？

靈風皺了皺眉，不懂那瞬間聽到的話語意思。

＊＊＊

神眷精靈母樹底下的靜刃，靜靜的仰望著奇蹟星，臉上有著願望將要實現的幸福之情。溫柔的，欣慰的，充滿解脫意味的笑容……

「千萬年一直盼望著的『自由』……我終於離你無比接近了。」

千年謀略，只為今日的願望得以實現。
而那份願望如今已是近在咫尺。
殘酷卻又令人無比嚮往。

Chapter 155

分歧的決定

靈風坐在族裡的會議廳座位上，神情慍惱。

「有多少族人不願意離開？」他語氣冷漠的詢問那位報告他這件事的長老，不難聽出他話語中的失望與憤怒。

「將近三分之二的族人。」長老惴惴不安的回道，看著靈風的眼神有著埋怨與無奈，顯然他也是站在不離開那一方的族人。見靈風神色嚴厲，這位長老忍不住開口勸說：「王，還是不要遷移吧？畢竟這裡是我們長年居住的根基，遷移會讓我們失去很多東西。還有母樹該怎麼辦？雖然您能夠將她移植到新式戰艦上，但就怕母樹會水土不服、孳生疾病；她好不容易從那位神靈的重創下復原過來，不要再讓母樹遭遇厄難了。」

「不要再說了，我心意已決，母樹同樣同意遷移了。現在族人是要跟母樹一起遷移，還是繼續留在新界，我沒意見，反正你們連王的決定也不聽了，我這個王也樂得清閒。」靈風冷笑出聲，不再理會那位長老的勸言，繼續和身旁的大長老討論遷移一事。

「喔，對了，不久後有三位人類守護神會來族裡，你們好生招待。如果你們想要繼續在新界待下去，就不要怠慢那三位連我都打不贏的人類最強者。」靈風加重了「人類最強者」一詞的咬字，透露著警告。

「王——可是大多數的族人都不願意離開，您怎麼能不顧我們的意願一意孤行呢？」

「我們精靈族不是一向以王的決定為重？以前你們不是也不違抗靜刃的意見嗎？怎麼現在懂得學人類採取『多數決』了？」靈風森然一笑，臉上的挑釁與冷酷看得該位長老冷汗直流。

「尊敬的王，我沒那個意思……」長老苦笑出聲。

「好了。」一旁的大長老終於看不過去了，他重重的將手上的枴杖往地上一敲，在石造的地面上發出沉悶的敲擊聲來。「伊安，如果那三分之二的族人不願離開，我們也不強求；但既然王已經決定要遷移，我們就會離開奇蹟星，和母樹一起前往宇宙深處尋找我們的新世界。」

「至於那些不願意聽王指揮的族人，那就讓他們自由吧，反正有無王的存在對他們來說都不要緊，我們只能祝福你們了。」大長老的語氣疲倦，隨後要求那位長老離開會議廳。

名為伊安的長老，用一種複雜又苦惱的眼神看了一臉冷漠的大長老和靈風一眼，最後離開了會議廳。

一旁幾位站在靈風這一方同意遷移的長老有些看不過去，畢竟那位伊安長老好歹也是他們共事許久的同伴。只是當其他長老想語出勸言時，卻被大長老制止了。

「什麼都別再說了，這情況又不是沒有發生過，就像上一代精靈王與精靈女神那時的情況一樣

而已。他們不過就是有了自己的想法，不再需要王對他們負責；族人能夠獨立，我們應該要高興才對。」

長老們深怕靈風會認為那些不願遷移的族人是「背叛」。

誰知靈風根本懶得管其他族人的想法，他只想完成自己最後的任務，其他人的想法與未來都與他無關。

那些族人想要死守新界他沒意見，但希望那些留下來的族人不要妄圖與人類爭奪這片土地就行了，人類的貪婪與對異族的排他性，可是非比尋常的強烈。

因為外人都離開了，靈風終於忍不住恢復了本來的散漫性格，趴到桌子上吶喊：「唉唷好煩喔——王怎麼有那麼多事情要做啦！煩死了！」

他像個孩子一樣鬧著彆扭的模樣，令長老們無不啞然失笑。

「呵呵靈風，辛苦了，委屈你了。」一位知悉靈風性格的長老欣慰一笑，只是隨後想起了靈風身為王的身分，臉上本來慈愛的表情不由得轉變成尷尬。顯然對自己這樣唐突的發言覺得有些不妥。

大長老拍了拍那位長老的肩，要他別緊張，同時轉頭對著靈風微笑發言：「好了靈風，忙完這些事情後你就可以休息一下了。等等還需要你去安撫母樹呢，雖然遷移一事已經取得她的同意了，但有那麼多族人決定要留下來，母樹一定會很捨不得大家吧？」

「好啦——」靈風嘟囔了聲，然後繼續先前的討論。

＊＊＊

另一方面，靜刃在結束與君兒的對話以後，終於回到了失去女神而陷入混亂的族群之中。當他如女神那般用著虛影出現時，引來了族人極大的騷動與震驚。

「王？！」

「和女神一樣的神靈之軀？發生什麼事情了？女神呢？」

靜刃閒庭信步，虛空凌行來到精靈王城中心的祭壇上，臉上神情只有冷漠。

「女神已經死了，被我殺了。」靜刃一開口就是利用神力發言，讓自己的聲音能夠傳遍整座精靈王城。他冷酷的說道：「從今天開始，我族將只有我一位神靈存在！」

精靈族亂成一團。精靈女神擔當他們唯一的神靈以及精神信仰已經千年之久，精靈王忽然殺死女神並且成為神靈一事，實在令他們難以信服。再加上成為神靈，沒有屬於王的權能後，靜刃無法壓制精靈們的暴動。

相較於靈風的放任舉止，靜刃直接採取最有效的方式——暴力鎮壓！

當他的神力夾帶著絕對的殺機擴散後，瞬間壓得所有精靈們心口沉重不已，本來吵雜的精靈王城剎那間安靜了下來。

面對不願臣服於他的精靈們，靜刃殺雞儆猴，瞬間果決殺伐，讓存有異心的精靈們暫時收斂起內心的違逆意圖。一時的鎮壓無法壓制人內心的背叛意念，但靜刃另有意圖，只要目前能得到族人短暫的臣服就行。

他很清楚，當他奪去君兒靈魂那時，也象徵著和靈風正式宣戰。他們兩位王，兩個分離為二的族群，彼此的命運終將碰撞，直到剩餘一方為止，魔女一事只是個開端而已。

靜刃根據靈風的性格，推算出靈風將會向永夜精靈一族下達什麼樣的命令——想必一定是「遷移」吧！

因為永夜精靈無論有沒有王，在人類群雄環伺之下，遲早會滅亡！

精靈一族或許個體力量強悍，但若是不懂得放下自大之心，總有一天會被猶如蝗蟲般的人類啃食殆盡。

靈風並不是愚昧之人，相信這點他在接觸人類以後已經很清楚了。

雖然很不願意承認，但精靈一族確實輸給了人類的無限可能性……

看看人類與精靈兩方各自擁有的守護神階級存在就知道了。

六比二的差別……而且他們兩位精靈王的壽命還有上限，不像人類突破某個位階之後壽命接近於無限。

族人長年對精靈王的依賴，註定了他們沒有王就將步向末路的命運。雖然他們兩都不願意成為王，但終究還是不希望自己的族群滅絕。

然而，靜刃卻做出了與靈風截然不同的決定——

「幾個月後，一種名為星辰淚火的宇宙奇景將會降臨，一直保護人類的虛空屏障將會提前被來自於宇宙的力量破壞。但我猜想，不久後，另一位精靈王靈風將會率領永夜精靈一族向我們正式宣戰。到時候，我們兩大精靈族會全面開戰。準備吧！戰爭就要開始了！」

「那位女神太過懦弱，她曾帶領你們出征過嗎？她有一次站上前線嗎？她的神力非常強大，如果她將那份力量運用在戰場上，我們不會被困在這裡千年之久！」

靜刃語出煽動，果然動搖了原本對他不滿的精靈們。

「身為王，我有職責帶領我族回歸我們的星球——此時的我擁有神靈的力量，擁有王的累世智慧，我將身處戰場第一線，帶領我族親自出征，以我的智慧引導你們，以我的神力協助你們，引領族群回歸遙遠的故鄉，奪回那處本該屬於我族的故鄉行星！」

「我知道你們對我的不信賴，但如果你們想要回去故鄉，我能夠實現長年以來，女神無法為你們實現的目標！相信我，並且與我並肩作戰！」

「——如果你們想要回到故鄉的話！」

靜刃非常懂得如何掌握人群的心理，在一番激情熱情的發言過後，精靈們對他的不滿很快就被精靈王能帶來的希望變得積極與激動。

確實，他們一直渴望著能夠回歸故鄉，或許他們一開始背離了那裡的母樹，但那裡終究還是他們最初的家園，回去並不是一種服輸，而是一種勝利——他們將重新回到那些族人的面前，然後證明他們這些信仰神靈的精靈才是對的！

就連王都成為新一代的神靈了，意味著王也承認神靈的力量才是真理！

族人開始歡呼靜刃的名字，群情激昂，與先前對靜刃的質疑情況截然不同。

這就是人性，無論是精靈還是人類，終究脫離不了願望或者是欲望的控制。掌握人心是王一生必修的課程，在這門課題上，靈風顯然不如擁有累世記憶的靜刃卓越。

「現在我要宣布之後的戰事布局——」

靜刃見機不可失，開始下達了他的計畫與族群隊伍分配。很快的，精靈們根據靜刃的指示紛紛動員了起來，熱火朝天的模樣顯示他們對此事的積極與火熱。

＊＊＊

相較於靜刃職掌的神眷一族情形，新界永夜一族準備遷移的態度十足的消極。

少部分的黑髮精靈難掩憂傷的收拾著自己的行李，另一部分則是文風不動，根本沒打算聽靈風的指示遷移，對於那些聽從王者的族人始終冷眼相看。

「為什麼要離開呢？這裡是我們的家鄉啊。」

「不要聽靈風的話了，他根本不是一位合格的王。」

族裡各式各樣的話語傳遞著，少有人尊重做出「遷移」決定的靈風。大部分族人的不諒解，讓少部分仍尊敬著王的永夜精靈很是挫敗與不解，也讓一些心生猶豫的精靈躊躇不前，不知究竟該聽王的旨意遷移，還是和多數族人一樣留下來。

但，連母樹都同意遷移一事了，他們留下來又能做什麼？！

王如果是引領族群成長，性格嚴肅的父親的話，那母樹對每一位精靈而言，則是溫柔包容且摯愛族群的母親！

母親都要離開了，他們留下來又有何用？更別提母樹是孕育新生精靈的存在，沒了母樹，也等同於不再有新生精靈的存在……

但大部分的精靈們還是決定採取觀望的態度，他們相信著，母樹最後會為了多數族人而留下。

可精靈母樹儘管無法直接與精靈們對話，卻很清楚精靈一族此刻面臨的危機是什麼——除去外界對他們不友善的人類以外，還有族群內部的自我退步以及傲慢，所以她才會同意靈風遷移的要求。

兩位王各自做出了不同的決定，分裂的族群各自將會步向何種未來？

Chapter 156

欺瞞世界的謊言

正在商議未來戰事的戰龍以及羅剎兩人，忽然收到了靈風的聯絡請求。

「精靈族的事情處理完了沒有？」羅剎在接通聯繫以後，劈頭就詢問靈風此次回族的重要任務。看著靈風臉上的憔悴跟無奈，羅剎也知道事情進行的並不順利。

「不太好，看樣子王對族群已經沒有太多統帥能力了。現在族人完全不聽我的指示，有將近三分之二的族人不願意聽從我的命令離開；剩下的三分之一則大多心存猶豫。如果不好好處理，我擔心那些留下來的族人未來也會成為人類競爭世界土地的敵人。」

靈風垮下肩膀，感覺很是棘手。

戰龍聞言，卻是皺眉。「三分之二，沒想到情況比我們預料的還糟糕。」

在回族之前，靈風曾找過他們商談精靈族的事情，畢竟他沒有多少擔當上位者的經驗，比起羅剎與戰天穹等人相對生嫩許多。

儘管分屬不同族群，但站在「朋友」的立場上，戰龍和其他人倒是給了靈風不少有益的建議。只是顯然他們還是高估了精靈王對精靈族的統帥能力，本來依戰天穹和羅剎長年擔當上位者的高瞻遠矚來看，會有一半精靈決定聽從王的指示，一半精靈則是拒絕聽從，沒想到拒絕的人數卻出乎他們料想得多。

「精靈族不能留在新界……」羅剎低垂眼眸，金眸只有冷冽。

他們同樣清楚人類的貪婪與對外族的排他性，精靈族若是滯留新界，下場絕對不是好事。這並不是他們惡意要驅逐精靈族，而是為了精靈族的未來著想。

人類是一個極具侵略性的種族，這一點在人類的歷史中可以看得出來。

精靈族留在新界，未來的下場恐怕只是成為人類歷史的陪襯。

「看樣子得想個辦法讓那些不肯死心的精靈族主動離開新界了。父親大人曾說過，如果真有必要，他可以讓整個世界排斥精靈族；霸鬼也說過可以由他來扮演黑臉，強勢以武力逼離精靈一族……不過還是盡可能不要做到這種地步。」羅剎手托下頷，面露苦惱的思考著。

「黑臉啊……或許這點可行。至於讓整個世界排斥我族，對我們這些與自然共生的精靈而言太殘忍了，怕是會在族人心裡留下永久傷痕的。」靈風苦笑，然後忍不住詢問不在畫面中的另外兩人情況，「白金大人和鬼大人呢？」

戰龍的臉色忍不住變得有些古怪，「唔，爺爺跟爹應該是在『交流感情』吧。」

羅剎補充了句：「父親大人希望霸鬼可以真正掌握星神級的力量，所以和霸鬼交流切磋去了。我知道靈風你在想什麼，可以的話最好執行霸鬼說的強勢武力驅離，逼不得已才會讓父親大

人更動世界法則，我們會轉達這件事，現在就盡你所能的安撫精靈族，過段時間趕工完成的新式戰艦就會送達『永夜之境』了，你得先安排一些人手接手戰艦才行。」

靈風一嘆：「我知道了，那就麻煩你們了。我會盡力而為。」語畢，他主動結束了聯繫。

戰龍和羅剎繼續討論著新式戰艦的建造細節。因為他們無法親自抵達建造新式戰艦的現場，只好透過遠端監控的方式監控建造——畢竟，負責建造新式戰艦的組織便是「魅神妲己」蘇媚所職掌的九天醉媚！

九天醉媚雖然在私底下進行人體實驗這樣的惡行，但不可否認的，它的確是人類世界中數一數二建造戰艦的大型團體組織，擁有的研究人員與建造人員都是頂尖的人才。而現在，距離開戰的時間不遠了，戰龍和羅剎只得將建造永夜精靈出戰神眷精靈的戰艦任務，交給了回到組織裡的蘇媚。

蘇媚在回到組織以後，立即向其他幾位守護神公布了她對魔女之力的研究，可惜沒能得到重視，畢竟那種速成的力量隨之而來的便是毀滅……只有某些體質極其特殊的女子，才有可能成功的使模擬的魔女之力寄存於體。

很顯然的，蘇媚就是那所謂體質特殊的女子。但這樣的女子數量極少，而時間上也由不得他們去進行那樣的研究。

最後，在一位性格中立正直的守護神「盾神泰坦」的監控底下，蘇媚摧毀了她的人體實驗基地，並釋放了基地裡頭本來要作為實驗體的無辜少女們。

只是這並不代表戰天穹就真的放過蘇媚了，所有的蘇族人在戰族以及其他守護神的家族與團體組織底下被控制了起來，就怕蘇媚臨陣反撲。

蘇媚捨去過往的嬌媚姿態，表現得中規中矩，並且嚴正表示自己會戴罪立功。正經嚴肅的她終於得到了其他守護神的暫時諒解。在這個人類即將面臨危機的時刻，失去任何一位守護神都是嚴重的打擊。哪怕此時的蘇媚已經被巫賢奪走力量，但她擁有的權利以及威望仍在，人類還是需要她。

可戰天穹與羅剎等人很清楚，這只是蘇媚的偽裝而已，她表現得如此平靜，一定留了某些後手，只是時間緊迫，他們無法在戰爭來臨前夕深究。

＊＊＊

在一片虛擬的宇宙星空裡，戰天穹狼狽的半跪於地，臉上身上皆是染著紅帶鐵灰色澤的鮮血。

只是他臉上的表情堅毅，絲毫沒有因為被巫賢重創而震怒，反倒帶著久違的狂熱戰意，目光炯炯的盯著巫賢的一舉一動。

這是戰天穹有生以來第一次遇上勢均力敵、不、或者該說是更強的對手。

巫賢可以說是這個世界真正的主宰，是這個世界的「神」！

他攻擊中的一舉一動，都讓戰天穹看到另一片新天地——那是，真正的星神級，能夠駕馭「命運」與「宇宙法則」的實力等級！

巫賢透過自己施展，試著讓戰天穹理解星神級到底是怎麼樣的一個領域。

過去，在宇宙的壓制下，戰天穹儘管突破了限界達到星神級，卻僅僅只是觸摸到這個實力等級的邊緣，還無法深入核心真正掌握這樣的力量。可現在，巫賢需要另一個能夠協助他成就君兒的力量的人，儘管他對戰天穹並無好感，但為了君兒，他必須打破自己的原則，親自指導戰天穹成為新的戰力——能夠應對未來危機的戰力！

可這其中，巫賢多少還是帶上了幾分個人情緒，這點從戰天穹身上受到的創傷就可以看出來。巫賢與其說是「教導」，不如說是報復的成分居多。但戰天穹泰然自若的承受，或許一方面是因為噬魂希望被巫賢認同的固執堅持，另一方面也是戰天穹希望能得到君兒父親對自身實力的認同吧。

現代
魔法師
與
封印的神劍
你知道錯了就好，趕快跪下來向本小姐道個歉，我就當作不在乎你剛才那樣對我大呼小叫了。
吐槽系作者佐維＋知名插畫家Riv
《現代魔法師》10月2日驚爆登場！
※不思議好禮特報※
2013年10月2日至2014年6月10日止，凡在安利美特animate購買
《現代魔法師》全套八集，就能獲得現代魔法師超萌毛巾
讓您與泳裝萌妹子一起清涼一夏！
活動詳情請鎖定【典藏閣不思議工作室】官網、FB、噗浪訊息。
典藏閣
華文聯合出版平台
www.book4u.com.tw
采舍國際
www.silkbook.com
不思議工作室
立即搜尋
版權所有© Copyright 2013

巫賢淡淡的瞥了戰天穹一眼，看著他對實力的渴望與被認同的執著，這才明白為何戰天穹能成為人類之中的頂尖存在。噬魂本身的特殊性提供了戰天穹一個成長的契機，但真正把握機會的，還是戰天穹自身的性格與對實力的堅持。

只是，巫賢一想到自己在甦醒過後，都還沒能夠好好看過君兒，連和女兒相處的機會都還沒有，女兒竟已心屬他人，甚至連婚事都定下來了，這要他這位父親怎能不惱火、不憤怒？！

一想到這裡，巫賢就火氣很大，他再一次翻動手中書冊，毫不保留的施展自己最強的攻擊，讓戰天穹透過這樣的形式來學習、運用星神級的力量，同時也連帶報復著這個奪去女兒芳心的討厭的男人！

「仔細看清楚了，世界是如何構成、法則是如何運行的，只要看穿了這點，你就能從中創造出屬於自己的『世界』，並且規避法則的限制，發揮出人類最強的力量！」

雖然心裡有怨，但巫賢還是盡心盡力的提點著戰天穹。因為戰天穹可說是這個世界中，唯一能夠陪著君兒一同面對宇宙考驗的存在了。

指導不僅僅需要言語的提醒，實際體驗也是一種最能夠直接感受那份力量的指導方式。對於曾任教官的戰天穹而言，巫賢這樣的方式確實讓他得到不少感悟。

時間一點一滴的流逝，饒是能力卓越的巫賢也有些吃不消，且他與這個世界的命運緊緊相依，他的身體狀況將會影響世界的變化，所以巫賢最後還是停手了。

「剩下的你自己去思考吧。」

儘管神情平靜，但巫賢的眼神卻透露出了幾分疲憊。他一個抬手，手中書冊消失的同時，空間裡頭出現了通往外頭的門扉。

巫賢轉身離開，在踏出門扉時便看到了等候在外許久的牧非煙。

牧非煙看著他略帶疲倦的神情，忍不住一嘆：「你動手了？」

巫賢苦澀一笑，沒有面對戰天穹時的冰冷；面對自己的愛人，他無法掩飾自己的情緒。

「抱歉，這是最快的方法了。那傢伙擁有很可怕的才能，用實戰才能讓他深切了解力量的運用方式。」

「我知道。只是還是希望阿賢能夠放下對噬魂的反彈情緒，畢竟和他在一起是辰星最後的願望……」牧非煙走上前擁抱自己的丈夫。「辛苦了。」

「我盡量。」巫賢眼神微黯，緊緊回擁牧非煙。儘管疲倦，他還是詢問起了羅剎等人的工作情況。「羅剎他們在哪？精靈族處理的狀況如何了？」

「在辦公室裡頭，他們好像有事想跟你討論。」牧非煙沒有太過參與羅剎等人的工作，只知道羅剎向她提到如果巫賢結束對戰天穹的指導，便告知他有事需要商量。

「有事找我？」巫賢皺了皺眉，似乎知道羅剎他們遇上了難題，「我去找羅剎他們。至於這扇門，等戰天穹離開以後就會自動消失了，妳不用守在這裡，先去休息吧。」

巫賢心疼牧非煙因為長期治療母樹，導致如今仍是虛弱的神色。只是最後他還是按捺住了意欲親吻愛人的衝動。他們實在沒辦法安心放鬆的享受彼此之間的溫情時刻，此刻他們的時間有限，每一分、每一秒都不能浪費。

牧非煙諒解的退離了巫賢的懷抱，她也有自己需要忙碌的事情。長年協助精靈母樹的治療，讓她消耗了不少力量，她必須想辦法儘快恢復到全盛時期的狀態，好應對之後即將到來的危機。

「我去忙了。」

「好。」

彼此之間沒有多餘的言語，只是為著親愛的妹妹和女兒一同努力著。

之後，巫賢來到了羅剎的辦公室，得知靈風在精靈族執行遷移一事進行的不順利的消息。

「所以還是得執行之前提到的後備計畫是吧？」巫賢神色冷淡，似乎早有預料。

自從君兒的靈魂被奪走之後，未來的命運就變得不再如過去那般清晰可見，變數太多了，就連一向擅長操控命運的他都覺得棘手，不好隨意更動命運，他們只能用最普通尋常的方式去推動命運的進程。他完全可以料想精靈族不受控制的情況。

「本來由戰天穹執行他所提出的武力逼迫比較適合，不過那傢伙現在需要時間來消化實力的掌握，這段時間就別去打擾他了。越多精靈留下來，未來的命運變動就越大，那麼就由我這個『世界的主人』強逼精靈們全體遷移。事不宜遲，立刻聯繫靈風，準備進行計畫。」

巫賢冷酷的下達了指示。

＊＊＊

羅剎很快就聯繫上了靈風，並且迅速的敲定了計畫方案。儘管靈風對於最後決定由巫賢來推動他們族群的遷移計畫有些不樂意，但為了爭取時間，他還是苦笑著同意了。

接著，巫賢僅僅只是做了一件事——新界是他的星神世界，他擁有對這個世界的主宰權利，自然也可以設定排除某個族群。

巫賢手持著那本神奇的金色「命運咒書」，在他對自己星神世界的設定章節裡頭，寫下了驅離永夜精靈一族的法則字句……雖然他能夠更動這個世界的法則，卻無法如宇宙一般完全修改法則，但驅離一個種族倒是能力所及的事。

就在一夕之間，那與自然共生共存的永夜精靈一族忽然感覺不到腳下這片大地與他們的親近，植物不再與他們對話、良善的動物們遠離了他們，彷彿整個世界都在排斥他們，精靈母樹也因為被大地排斥而發出了悲鳴。

由世界來排斥精靈一族，這樣殘酷卻又直接的手段，使得永夜精靈一族陷入一片慌亂之中。他們沒想到情況竟然會變得如此詭異，明明腳下這片大地在昨日以前還和他們彷如一體同生的存在，今天卻變得極其排斥他們……這是為什麼？

靈風隱瞞了巫賢存在一事，只是簡單告訴族群，他早有預料這一日的到來。儘管他們精靈與這個世界共存亡了萬年之久，但這塊土地已然屬於了人類，這個世界最後選擇了人類與祂共生，而不是選擇精靈一族……

靈風看著無法再與大地以及動物植物溝通的族人們，眼裡閃過一絲無奈。這件事或許可能造成族人內心永久的傷痕，但為了離開人類、離開新界，他得繼續說著令人傷心的謊言才行。

依賴自然而生的精靈，失去了大地的愛與支持，瞬間像是失去了依賴與信仰一樣。無數精靈紛紛來到母樹前方跪著祈禱，這次他們終於聽到母樹輕柔又哀傷的心靈勸說——那要他們離開這顆行星、另尋新世界的勸言。

靈風再次發表了公開宣言。

「若世界排斥我們的存在，那麼這表示，我們已經無法再生存於此處了……我們必須另外尋覓一個需要我們協助祂、且和我們一起成長的新世界，而不是停滯不前，成為世界的毒瘤。」

巫賢隱身在「永夜之境」的上空，默默觀望著精靈一族們的決定。他聽著靈風的發言，卻是冷笑出聲。他知道自己費了多少力量，才壓制住星球本身因為他強制設下排斥精靈一族而哀傷不已的情緒，儘管星球本身並無真正完整的意識，卻同樣對著那與它共生共存的精靈一族存有溫柔包容的意念。

對這顆行星而言，貪得無厭的人類才是毒瘤！

這是一個天大的謊言，不僅僅是在欺騙精靈，也是在欺瞞整個世界……

Chapter 157

戰爭前幕

碎石帶・龍族領地

無數的巨龍翱翔於宇宙中，在起伏的碎石大陸上來回飛舞，如果忽略龍族本身是人類的大敵之一，龍族展翼飛翔的感覺給人一種力與美的完美體現。

只是就在那麼一瞬間，所有的巨龍忽然昂首看向了某個方位，眼神銳利。

「魔女……」

「是魔女的靈魂，魔女離開虛空屏障了！」

「在精靈領地的那個方位——」

巨龍們躁動不安，張口發出此起彼落的咆哮龍吼，然而卻沒有一頭龍主動出擊，像是在等候什麼命令似的。

這時，就在巨龍領地中心最大塊的懸浮隕石上，傳來了一聲悶沉悠遠的龍吼聲。

眾龍無不側耳傾聽那聲龍吼中所傳達的意思。最後，本來躁動的巨龍們陷入一陣沉悶的氣氛之中，就連意欲行動的姿態也都停止，用一種不解與無奈的目光望著龍吼聲傳來的方向，無法理解為何方才那聲龍吼竟是制止他們行動。

明明可以感覺到他們必須消滅的對象離開了保護區域，為何卻又不採取任何行動？然而，儘管眾龍心中疑惑，還是選擇了遵從方才那聲龍吼的指示——等待時機到來。

守護在巨隕石旁的一頭金龍目光閃爍，眼神同樣有著疑惑的回望著龍吼聲傳出的隕石深處；在他一旁，一頭體態修長的白龍則是垂頭深思。

「艾爾斯，我族的神這一次又打算讓我們觀望嗎？好不容易等到魔女離開虛空屏障，為什麼祂一直沒打算出手？祂已經隱藏將近千年了，究竟是在等候什麼時機？」

金龍王特蘭克不解的詢問和他一起守護此處的同伴白龍王艾爾斯，同時感嘆道：「赫蘿拉薩斯進行靈魂獻祭以後也過了幾年了，雖然對我們龍族而言本應是眨眼一瞬的時間，但總覺得這段時間好漫長……何時我們才能得以完成任務，從宇宙意識的控制中掙脫？」

他不經意的提起了幾年前獻祭靈魂加速虛空屏障崩潰的銀龍王，心中浮現了無奈與苦澀的情緒。他們龍族由於壽命漫長，再加上千年歲月之中僅能夠孕育一到兩頭的新生巨龍，這使得幾乎所有巨龍彼此都互相認識，互為同伴、親如手足。銀龍王當時以靈魂獻祭，等同於完全湮滅於宇宙之中，連轉世輪迴的機會都沒有，讓他們既是痛苦又是憤恨。

如果不是為了抹殺魔女，他們無須承受一次次失去同伴的痛苦。

「特蘭克，我族神靈之所以這麼要求一定有祂的理由，我們就別多加揣測了，專心執行我們的

任務就好。為了不久後的星辰淚火降臨之刻，我們得做好準備，一舉攻進人類世界，無須在這些事情上多操煩勞心。」白龍王艾爾斯語氣平靜，眼神卻是深沉。

他昂首看向更高所在的星空之處，目光凝重。他明白他們一族的行動始終都在宇宙意識的掌控之下，然而明明有好幾次機會他們能夠出動襲擊離開虛空屏障的魔女，他們龍族的神靈卻始終沒有行動，感覺上就像是在預謀什麼，且似乎想要躲避宇宙意識的窺視……但他不敢隨意將這樣的猜測說出口，只能將之深藏內心。

「但這太奇怪了，艾爾斯。我可以感覺到這一次的魔女情況與以前不同，這使得宇宙加速了星辰淚火降臨的時間……魔女很虛弱，我們趁著這個時機將她消滅不是正好嗎？這不是宇宙賦予我們的任務嗎？我們究竟是在等候什麼時機？我族的神靈是在憂心那位有著『凶神霸鬼』之稱的人類強者，會再一次出現阻撓我們進行任務嗎？」

金龍王特蘭克連續幾個質問，直讓白龍王艾爾斯皺起眉來。特蘭克的疑問也是其他巨龍的疑問，然而他們的「神」卻從來沒有正面回應過他們。

「別說了，我們只需要等待時機，只需要聽從『神』的指示就對了。」

金龍皺了皺眉，不再詢問，只是心中的困惑苦悶依舊。

＊＊＊

這是一個凌亂破碎的世界，狂暴的星力風暴席捲各處，絞碎飄浮在世界裡頭的殘破大地，風暴一點一滴的吞噬這個世界僅存不多的大地，將堅硬的大地切割成一塊塊碎土，捲至風暴深處的黑洞裡頭。

這是個即將滅亡、步向絕路的世界。

靜刃就像是毫不在意那能切割土石的颶風一樣，凌空往這個世界的中心走去。

還未走近，遠遠就能看見在褐色的大地上，俯伏著一頭連尾近五千米長、身刻無數魔紋的紫黑色巨龍。隨著靜刃走近，紫黑巨龍跟著睜開了眼，那眼是燦亮的豔紫紅色。

巨龍額上晶瑩剔透的龍角斷了一角，然而這絲毫沒有減低他的氣勢。

「精靈王，你又闖入我的夢境了。」紫黑巨龍用著低沉渾厚的嗓音如此說著，語氣沒有絲毫不耐，平靜的好似在與友人對話。

這是一場屬於紫黑巨龍的夢境，那是屬於「龍族」的世界在破敗毀滅前的最後時刻……或許是因為後悔、又或者是在期望著什麼，使得這位龍族的神靈始終無法忘懷自己世界在毀滅前最後的記憶，連夢境都不停重複世界的破滅存亡。

「我來履行我的約定了。」靜刃淺淺一笑，神情輕鬆。「你不是一直在等我成為神靈嗎？雖然這個世界僅存的唯一神格並不完整，我僅僅只能成為『半神』而非真正的神靈，不過我想，這樣的力量已經足夠了。」

紫黑巨龍本來平靜無波的眼神終於有了情感的起伏，他微微撐起上半身，昂起首級，語氣帶上了幾分激動。

「你終於……呵，雖然夢境裡我無法感知你的力量，不過我相信你不會說謊。」

靜刃在此時終於來到了巨龍前方，他神色平靜的詢問道：「你準備好要改變命運了嗎？」

巨龍露出人性化的笑容來，回道：「早就準備好了，就如同約定的那樣。」

「約定」——靜刃曾暗中窺視著自己的命運軌跡，發現了有一個微小的希望存在於這位職掌著龍族、意欲毀滅魔女的龍族神靈身上。早在他來到碎石帶的神眷精靈族以後，便利用過去某代精靈王創造出來的入夢法術，進入這位龍族神靈的夢中，他的所為連精靈女神、甚至是宇宙都沒有察覺。

透過夢境，他們不需要真實的接觸便能夠談妥私下交易的內容，也可以避免被宇宙監控。儘管宇宙能夠影響人的夢境，就如牧辰星當時的情況，那是因為魔女本身是由宇宙意識分裂而出的存在，所以宇宙才能夠直接影響她；但宇宙無法直接影響其他自然誕生的靈魂的夢境。

龍族並非宇宙意識的造物，他們是曾經妄圖挑戰宇宙意識、試圖更動命運的一族，只是失敗了，卻因為龍族凌駕於眾多宇宙生命頂層的強悍能力，而沒有被宇宙毀滅，反倒成了宇宙意識直接操控於手的「宇宙仲裁者」。

為了生存，龍族不得不屈服宇宙，對他們曾經妄圖抗爭的命運低垂了頭顱。

他們是除魔女之外，由宇宙指引著毀滅一個個違逆宇宙法則與命運運行的世界與罪人的存在。

然而，這樣的龍族，卻也懷抱著能從宇宙控制中解脫的願望……

就是因為如此，靜刃才會找上龍族神靈，跨越種族與敵我關係，暗中談妥了那份連宇宙都不曾知曉的隱密「約定」。

龍神與靜刃彼此約定好了，在他成神以後，將利用神力——這份能夠修改命運的力量，協助更動龍族的命運；而龍族則將不會在星辰淚火降臨之前攻擊魔女。

儘管不知為何靜刃要這般約定，但為了超脫被宇宙控制的命運，龍神還是答應了他的條件。

只是這一切還是得等靜刃成為神靈，沒有成為神靈的他，是無法更動直接由宇宙意識掌控的龍族命運，那將會使他自己神形俱滅；成為神靈的他，才有辦法藉助神力施展精靈法術，更動龍族的命運。

靜刃表情慎重，語氣沉重的開口：「那麼，我將會協助你改動龍族的『命運』……只是你應該很清楚更動命運的代價之重，一個人的幸福，將會使得另一個人或者是你的族群陷入集體的不幸之中。我的族群已經因為我更動命運而變得不幸了，希望你能明白這樣所為的沉重。」

紫黑巨龍呵呵一笑，神情卻是釋然。「如果一個族群的不幸，能換來我族希望的自由，我想這是划算的。我們沒得選擇了，與其被永世奴役，不如將一切終止在我們這一代，換得一分渺小的自由……你不也是明白這點，所以才會做出這樣的決定嗎？我們是同樣的存在……為了自由而不屈，為了願望而抵抗命運。」

靜刃只是哀傷一笑，隨後退了幾步，張口吟唱起了咒語來。他背後張開精靈的光翼，周身亮起了神力微暖的光輝，神力化作無數道流光朝紫黑巨龍延伸而去。

隨著他的詠唱，紫黑巨龍輕輕闔上了眼，低垂著龍首，任由流光包裹自己──深入靈魂──最後了碰觸那隱藏在靈魂深處的命運軌跡！

銘刻於星點之中的奇蹟　隱藏在光輝之中的微火
無數的軌跡連往無數個未來
尋覓、探索、盼求
心中期許的那份願望　靈魂渴求的那份自由
執念的光火指引希望的到來
過去、現在、未來
只求超越宿命　只為終結悲劇
變革命運　扭轉既定結局——

靜刃彷彿來到了一處閃爍著無數星點的宇宙星空裡，身前的巨龍化為龐大且炙熱的光球，刺眼得令人難以直視。他小心翼翼的探手，試圖在不驚動宇宙意識的情況下，將飄散在巨龍光球身旁的微小光點掌握於手中探查。

改變命運需要小心謹慎，尤其龍族又是由宇宙意識直接操控命運軌跡的存在，一旦他的行為舉止被發現，他和龍族都將會受到最嚴厲的懲處……

然而，他要尋找的不是龍族整體超越命運的那份未來軌跡，龍神所求的不過僅僅只是其中一顆龍蛋的「自由」。這只是一個極小細節的命運更動，對靜刃來說還算是能力範圍所及的任務。而這單獨個體的自由，代價則由集體龍族承擔。

在夢中，時間並不具意義。

靜刃慎重的履行他的約定，終於在漫長的尋覓之後，找到了能夠讓一顆看似尋常的龍蛋得到自由，不再被宇宙意識掌控命運的軌跡光點。他暗中更動了命運，讓那個軌跡光點得以被啟動、實現，引導著那個曾經在龍族歷史中消失的龍蛋，得以掙脫宇宙意識的控制，成為真正自由的個體。

這看似尋常的舉止卻蘊藏著無數凶險，靜刃幾乎耗盡了自己的神力，才終於啟動了那個隱藏在繁多軌跡之中的命運光點。

當靜刃結束法術，紫黑巨龍可以模糊感覺到某個與他緊密相連的存在斷絕了聯繫，這代表著那個存在終於得以遠離命運的操弄，不再像此時的龍族受制於宇宙意識，而是能夠真正的成為自由翱翔在宇宙間的存在。

紫黑巨龍睜開了眼，神情感激。

「那麼依照約定，在星辰淚火降臨之前，我族將不會對魔女與罪人們出手——你就趁著這個機會，去實現你的願望吧！我族的不幸就由我族自行承擔，相信宇宙很快就會注意到你協助我族更動命運了，小心點。期許你我所求之自由能夠實現！」

靜刃的身影逐漸淡去，直到完全消失。

紫黑巨龍自盤臥的姿態站了起來，昂首發出了高亢的龍鳴。

這片不停重複龍族世界崩潰之景的夢境，化作一片漆黑，然後破碎——

＊＊＊

同一時間，所有龍族領地中的巨龍不約而同的再次聽見了先前響起的沉悶龍吼聲，然而這聲龍吼並非下達命令，而像是在傳遞某種悲傷，卻又隱藏著些微希望的意念。

所有的巨龍昂首，就像附和沉悶龍吼似的，同聲齊鳴。

數百頭巨龍一同吼叫，巨大的聲波引來了人類監控龍族領地的艦隊注意。

爾後，眾龍們忽然有了動作。他們一反先前零散出擊的行為，開始集體大量出沒在碎石帶上巡弋，卻沒有正面迎戰人類位於碎石帶上的開採隊伍，反而像是在觀望什麼似的，直讓人感覺不安。

就連龍族僅存的兩頭龍王也都出動了，他們張開延展近千米的巨翼，飛掠在虛空屏障以外，徘徊巡弋。

人類再一次深切感覺到戰爭將至的緊張感。

這一次的虛空屏障因為龍族前幾年的破壞，加速了百年消耗，即將進入虛弱期，在時間緊迫的情況下，人人心中皆是忐忑……

此起彼落的龍吟迴盪，各式各樣的巨龍聲階彷彿是吹響的號角，開啟了戰爭的前幕。

Chapter 158

別離故土

過去終年封閉的「永夜之境」，在「陣神滄瀾」羅剎解除隱蔽的符文封印之後，其蘊藏起來的多元資源一一展現於世人眼前。人類在得到精靈一族的許可以後，開始聚集前來開採深藏在這塊土地之中的礦產與特殊資源，只是大部分的人類還是不被允許進入「永夜之境」的深處，那屬於精靈一族的領地之中。

今天的永夜國度註定不平靜。外圍本來群聚開採資源的人類團隊組織都被暫時性的請離，將空間留給永夜精靈進行整頓與遷移的準備。

就在巫賢將自己的世界設定成了排斥永夜精靈一族以後，精靈們遽失與自然的親近連結感，頓時陷入一片深刻的哀傷之中。他們無法接受因為自族不比人類而必須遷移一事，但面對腳下這片共存許久的大地不再與他們親近之時，他們只得默默收拾心情，無奈的告別這片供養他們多年的故土。

巫賢的所為確實讓絕大多數的精靈決定遷移，但同樣大大傷害了這個與自然親近的單純族群；靈風知曉一切經過，卻只能暗中隱瞞這樣的事實……至少族群終於如他所願的即將踏上遷移的道路。

黑髮的精靈們哀傷又疲倦的收拾著行囊，消沉低落的心情在群體之間瀰漫。

他們即將乘上新式戰艦，不僅要出征碎石帶上的神眷精靈一族，也將要遠離這片故土，前往無垠宇宙尋覓一片新天地。只是這樣低迷的士氣，令本來不同意遷移的長老們很是憂心，但此時已由不得他們選擇。

靈風站在精靈母樹的樹梢上，靜靜的看著族人拆除村莊內的建物，將一切還原成森林本來的模樣，看著族人將曾經生活過的痕跡抹去，看著族人傷心悲切的向著熟悉的家園告別……

他神情傷痛，心中卻異常堅定。

隨後，他的目光從自族的領地上頭，移到了「永夜之境」的外圍——透過昏暗中螢光樹木的光輝，隱約能見無數艘龐然大物已然等候在外。

那是人類與精靈結合了雙方的技術，共同開發出來的新式戰艦。比起過去的戰艦，新式戰艦耗能較低、機動性高、速度較快、防禦性能更強、攻擊性能也大大上升，能夠搭載的人數與資源量也遠比過去的戰艦更多。這將會是人類與永夜一族對戰神眷一族和龍族的全新倚仗。

而遠方其中一艘戰艦體型更是比其他戰艦大上數倍，那是精靈一族為了遷移自族母樹特別設計的新式大型戰艦。為了保護精靈一族最重要的母樹，這艘戰艦用的都是最好、最頂尖的材料。

「要遷移母樹了嗎？」

忽然一道男聲自靈風身旁傳了過來。一座符文法陣突兀出現，容貌妖異、成年男子模樣的羅剎，神色平靜的自法陣中走了出來。

巫賢和牧非煙緊接在後，各自使用不同的方法瞬間來到了靈風身旁。

這一次遷移母樹事關重大，最後決定由靈風和羅剎共同出手，以符文之力將龐大的精靈母樹移植上母樹戰艦，巫賢和牧非煙則在一旁輔助穩定母樹的情況。

「不、請再等一下，讓我再多看看這裡幾眼。」靈風歉然一笑，他神情惆悵的眺望著自己生長過的村莊，想要將之深刻的印在自己的記憶之中。

那片螢光的森林、散布林間的微光小草與鮮花、此地生長的魔獸與變異動物……曾經，他在這裡和靜刃一起成長、和長老們學習知識、和族人一起生活、和動物們一起玩耍，如今卻是他親自下達了永別此地的宣言……

儘管巫賢特別破例沒有將他列進被世界排斥的精靈一員之中，但看著族人的痛苦，靈風心情也不好受。

巫賢陪著牧非煙欣賞著從高聳母樹上頭眺望這片「永夜之境」的螢光絕景。

「阿賢，可以的話，我不希望這裡被人類破壞。」牧非煙忽然開口說道，並不是為了靈風，而是單純希望這片美景不會因為人類的過度開採而被破壞殆盡。

「那精靈遷移以後我就把這裡封鎖起來吧，讓幾頭魔獸進化成星域級保護這裡，或者是改變這裡的氣候或地形，讓人類無法隨意進入此地。」巫賢絲毫沒有猶豫的答應了，他看著自己妻子的眼神只有溫柔。

面對兩人三言兩語就決定了「永夜之境」的未來，一旁的靈風聽得既是無奈，也有一種釋懷與鬆了一口氣的感覺。他早有預料在精靈遷移之後，人類會猶如蝗蟲般的將此地的一切掠奪殆盡，沒想到牧非煙竟然會介入此事，讓巫賢出手保住這片淨土。雖說牧非煙並無其他意思，但靈風還是忍不住升起了感激之情。

可面對這位逼迫他和兄長靜刃簽定契約的魔女，靈風仍舊無法坦承自己的感謝心情，他只能暗中決定要想辦法在未來與神眷一族的戰爭之中，設法拖延住靜刃，好讓戰天穹有機會得以前往救援君兒的靈魂。

母樹被微風吹動的楓紅色水晶葉片碰撞在一塊，傳來了陣陣如水晶互相敲擊的清脆響聲，彷彿在安慰著靈風不要哀傷一樣。

一片晶瑩剔透的紅葉最後飛到了靈風眼前，被他輕輕握於手心。感覺到母樹的安慰，靈風表情才再次恢復了堅毅。

「再見了，我的故鄉……」

「抱歉讓各位久等了，我們開始遷移的工作吧。」靈風對著等候身旁的幾人表示歉意，然後張開了精靈特有的光翼，由樹梢上高飛而起。

靈風懸空飛行在母樹之前，張口向正在進行遷移準備的族人傳達新的命令：「所有精靈聽令，接下來將進行我族母樹的遷移，請諸位遠離母樹搬移至母樹戰艦的路徑！等會可能會引發一些天然災害，請小心迴避並且保護自己。」

所有的精靈們皆因為靈風的發言心中感覺淒楚，他們紛紛停下了手邊的工作，用哀傷無奈的眼神注視著他們一族賴以為生的精靈母樹。

有的精靈忍不住低泣出聲，有的精靈則是輕唱起了離鄉將要前往外地遊歷的歌曲，以表達自己即將離開故鄉、踏上未知旅程的忐忑心情。

在那帶著幾分不安、幾分惆悵、幾分希望的精靈歌曲中，靈風輕輕一嘆，他使用了某代精靈王創造出來的法術，將本來高達千米的精靈母樹略微縮小了幾許，但母樹整體而言還是有百米之高，可至少不會比原形模樣還難搬遷。

隨後，靈風和羅剎分別凌空飛至母樹的左右兩側，各自施展符文技巧，蔓延飛舞的符文組合成了複雜的線條，將母樹包裹在符文閃動的中心；巫賢則是翻動「命運咒書」，和牧非煙一起擔當輔佐靈風和羅剎兩人的角色，以防兩人會在這個過程中受到干擾，或者是因為力量不足而導致遷移失敗的情形發生。

這片永夜的國度因為遽然出現的符文光輝而亮了起來。

「永夜之境」的變化自然引起了一直關注著此地的人類注意。直到此時，人類才真正相信，永夜精靈是真心打算進行族群遷移。

先前精靈王對人類發表永夜精靈將進行遷移的宣言時，在人類世界惹來不小風波，但絕大多數的人類皆是贊同永夜一族遠離新界，畢竟永夜精靈與他們的親戚太過相似，人們難免會將對神眷精靈的仇恨之心放到無辜的永夜精靈身上。

而面對即將開始的戰爭，雖有永夜一族加入人類的陣營，但雙方的行動還是因為彼此的理念差異分成了兩大隊伍——一方將是由精靈王靈風率領的精靈戰艦隊伍，另一方則是由人類各個組織組成的戰艦隊。這一次的出征將會由永夜一族率領先鋒，人類一方的艦隊將會前往碎石帶的邊界，準

備迎接虛空屏障被淚火擊潰以後即將爆發的全面戰爭。

雖說神眷一族有永夜一族對戰，但人類對非我族類的同盟永遠不放心。這樣的分隊，也暗藏著只要永夜一族有任何意欲回歸新界的念頭，將會遭到人類艦隊針鋒相對的訊息。

此時的永夜精靈族，如同芒刺在背。

人類的冰冷態度也確實讓精靈們失望了。

「起！」靈風和羅剎在此時同聲高喝。

「永夜之境」忽然一陣天搖地動，高聳入天的精靈母樹在符文法陣的包圍下，以一種緩慢的速度自地面拔升而起。

散落的土石自母樹的根鬚之間剝落，靈風和羅剎非常小心的在抽離母樹時不去傷害到她的根鬚。母樹過去因為精靈女神的重創，好不容易才在牧非煙的治療下復原傷勢，只是此時的她仍舊虛弱，要盡可能避免新傷出現。

母樹在兩人的協助下，緩緩朝著已經準備好要移植母樹的巨大戰艦挪動。

當那宏偉的樹木被符文拖曳浮空，這樣震撼的場景怕是精靈和人類都永遠忘不了。

母樹在移動時，偶有大片的楓紅色葉片飄下地面，在她行經之處鋪上了晶瑩剔透的紅葉，形成另一道絕麗的景緻。然而，相信不會有精靈想要再看見這景色一次……

最後母樹終於移植到了那艘特別為她建造而成的大型戰艦上。為了能夠讓母樹感覺舒適，戰艦庭院的土壤使用的是來自「永夜之境」的土壤，也種下了一些精靈族特有的植物。

順利完成任務，巫賢、牧非煙和羅剎便告別了「永夜之境」。

本來母樹扎根的地方已是空無一物。而精靈們似乎也因為母樹率先移植上了戰艦，不再拖拉，加速了搬遷的動作。

很快的，精靈族居住的痕跡逐漸消失。

當最後一位精靈乘上新式戰艦時，靈風才終於得以鬆一口氣。他拍動著翅膀，落到了幾位沒有乘上戰艦，決定要留在新界的精靈同胞面前。

「真的不離開嗎？」靈風憂心的看著那些執意要留在人類世界的同伴。他們有些是因為早期前往人類世界遊歷，和人類異性有了感情而捨不得離開；有些則是頗為適應人類世界的生存方式，所以決定留下……

「王，別擔心我們，哪怕世界拒絕我們，但相信我們還是能夠在這個世界找到屬於我們的歸屬

之處。」一位族人難掩哀傷卻是語氣平和的回應著靈風。

另一位穿著人類裝扮的精靈感慨說道：「我族確實不適合繼續待在新界，這些年我混跡人群之中，對於人類有些了解。就算這場戰爭勝利了，未來我們族群會再次面臨戰爭，下次人類矛頭指向的就是和他們瓜分這個世界的我們，離開是好事……」

靈風心裡有愧。看著這些堅決留下的族人，他只能給予祝福。

「再見了，如果還有機會再見的話。」

「請帶著族人和母樹一起尋覓適合族群生存的新天地吧。」

族人語出祝福，微笑著和靈風道別，隨後三三兩兩的轉身進入林間，離開了「永夜之境」，前往人類世界——他們將會隱藏自己身為永夜精靈的身分，混跡於人群之中，過著不同於族人的另類生活。

永夜精靈族的戰艦隊伍出發了，負責巡弋的新式戰艦在前方開道，左右兩側聚集著防禦性能較強的新式戰艦，各式功能的戰艦圍繞著最巨大的母樹戰艦前行，飛出了新界奇蹟星的大氣層，正式告別了這處精靈族生活了萬年之久的行星。

精靈們靠在觀景窗邊，看著故土在視野中逐漸變得渺小，最後剩下一顆翡翠色的行星映入眼簾。

靈風的影像透過戰艦共同聯播的頻道播放了出來。

「諸位，最後請再看看我們曾經的故鄉吧，儘管我們必須離開此處，但不要忘了她曾經帶給我們的一切，也永遠不要忘了，我們是與大地共生且一同成長的精靈一族！終有一日，會有另一片大地能夠接納我族、包容我族、給予我族一片歸屬之地的！」

「只是現在，我們首先要面對的是千年前背叛我族、重傷母樹的神眷一族。我和我的兄長靜刃之間率領的族群，分別意味著不同的未來，留下來的究竟是與自然共生的我們，還是信奉神靈的神眷一族？」

「這將是我們精靈在千年前的分歧之後，必須迎接的宿命……」

Chapter 159

命運的相逢

精靈艦隊全速航向碎石帶。接受過駕駛訓練的精靈們儘管悲傷，卻仍是盡忠職守的操控著戰艦；其餘非操作人員的精靈們則是沉默的準備不久後就要開始的戰爭。

母樹戰艦內，靈風和另一個人靜立於移植著母樹的宏偉艦廳裡頭。

戰天穹沒有情緒的臉龐，因為即將能夠前往救援愛人而忍不住有了情感波動。

時光匆匆，君兒被奪去靈魂已有一段時間，他被巫賢警告，得等靈風與永夜一族一同出擊，暗中等候兩位精靈王各自為了彼此的選擇與命運互相碰撞的那一刻，才能得以前往拯救君兒。

這段時間他等得異常的艱辛，只能沒日沒夜的修煉，利用時間掌握巫賢指導他的星神級力量運用技巧，藉此來忘卻沒能趕往君兒身邊的焦躁情緒。

如今的他確實如巫賢料想的那般，初步掌握了真正的星神級之力，只是還無法像巫賢那樣，真正將自己的領域空間進化成一個屬於自己的真實世界。但儘管如此，他已經能做到超遠距離瞬移的傳送技巧，這是他在救回君兒靈魂以後，可在極短時間內將君兒靈魂送回身體的最大倚仗！

戰天穹微微側首看了正神情茫然望著母樹的靈風一眼，因靈風此時這樣出神的狀態而劍眉輕蹙。

接受到戰天穹的嚴厲目光，靈風澀然一笑，儘管戰天穹沒有講明，但靈風明白，戰天穹這是提醒他在戰前不應該存有這般動搖與猶豫的情感。

「抱歉，我還是……」靈風下意識的扒抓著自己凌亂的瀏海，試圖掩飾自己內心的不安。「我是個不合格的王，沒辦法做到心平氣和的面對即將要和雙生兄長死戰的心理準備。雖然我無法原諒他對君兒的所作所為，但要承擔一個族群的未來以及做出這樣的決定，我還是會覺得……這樣真的好嗎？」

「迷惘沒有意義，你也沒得選擇。」戰天穹語氣帶著幾分嚴肅的回道。

隨後他頓了頓，和緩了本來冷硬的態度：「不過我可以理解你的迷惘，你本身並沒有繼承你那位兄長累世的王者記憶，可以說是被趕鴨子上架擔當『王』這個角色，要做出關係著整個族群的決定並不輕鬆——但你已經做得很好了，不必責怪自己的選擇。」

「哈哈，這是在安慰我嗎？」靈風訝異的揚高了嘴角，沉悶的心情因為戰天穹這番話語而感覺輕鬆了許多。

戰天穹只是淡淡一笑，沒有正面回答靈風。

這段時間他將靈風的努力以及他對君兒的擔憂看在眼裡，也漸漸的放下了對靈風的敵意，開始表現出善意。

「謝了，我心情好多了。」靈風深吸了口氣，負面壓抑的情緒得到緩解，讓他又恢復了本來的灑脫笑容。

靈風雙手撐在腦後，微揚頭顱仰望著移植至龐大艦廳裡頭的母樹，被凌亂瀏海遮掩住的眼睛只餘平靜。

這一次他不會像上次那麼懦弱了。他戰鬥的理由並不是出於什麼偉大的意志，而僅僅只是想要阻止自己的哥哥做錯事而已……不想看著靜刃傷害他想保護的人，不想看靜刃踏進永無回首的錯誤道路，不想再逃避這一切！

無論這場戰鬥的結局是生是死，他都不想再做一個沒有用處的存在！

「鬼大人，謝謝你之前給的關於戰爭的指揮建議。這是我第一次以王的身分參戰，擔當族群的領導者，我已經做好了族群會有所死傷的心理準備，雖然那讓我感覺沉重，但我會盡可能的和族人一起將神眷一族與靜刃牽制在戰場上，到時候就麻煩你暗中潛入神眷一族的領地將君兒的靈魂救回來了——不過，還是請你小心。」

「這一次的戰爭，我不能保證最後留下的是我還是靜刃，所以，如果我沒有機會回來的話，幫我跟君兒說一句——」

靈風露出一抹豁達爽朗的笑容，想對戰天穹開口言述自己意欲傳達給君兒的「遺言」。然而，話還沒說出口，戰天穹便冷冷的掃了他一眼，赤眸中的警告意味之深刻，愣是讓靈風吞下了正欲說出的話語。

「有話，你自己對君兒說。」戰天穹淡漠回道，一個轉身，身影遽然隱藏進了空間縫隙之中。

靈風還來不及張口呼喚，母樹艦廳的入口忽然傳來了有人來訪的提示聲。

由於戰天穹是暗中隨行，無人知曉他這位人類之中頗具凶名的「凶神霸鬼」就在他們精靈的母樹戰艦上，為了避免被族人發現異狀，靈風略整了整儀容、平復神情，而後才允許來訪者進入。

精靈長老們魚貫而入，開始與靈風商談之後將要開始的戰爭一事。

戰天穹隱藏在母樹附近的空間裂縫裡，沉默的傾聽著外界的談話。

他下意識的抬起右手輕觸自己胸口以銀鍊穿過的紅鑽戒指。那是他和君兒的訂婚鑽戒，為了將要開始的戰鬥，他不得不將之從自己的左手無名指上拿下，改為戴在頸上，以免在戰鬥時被毀壞或者遺失。

此時，戰天穹不由得想起那位奪去君兒靈魂卻意圖不明的精靈王靜刃，眼神忍不住染上了幾分凶戾，而後深吐了一口氣。

「……就留給靈風自己去面對吧。」戰天穹低語呢喃，似乎是在說服自己放下對靜刃的濃烈殺機。

＊　＊　＊

就在永夜一族的精靈艦隊自新界出發以後，守候在神眷一族母樹前的靜刃若有所覺的睜開了眼。命運有一個節點被啟動了，這意味著靈風那邊有了新的行動。

「終於出發了嗎？」

靜刃嘴角彎起一抹弧度，同時轉身朝母樹走了進去。

他猶如穿過一層水膜般的走進了母樹的枝幹，已然化作精神體的身軀，在眨眼間便來到了母樹體內的奇妙空間裡。

空間中，一顆光球靜靜的被綠色的觸鬚包裹住。

似乎感覺到靜刃進入了這處空間，光球發出了猶如夢囈一般迷糊的呢喃：『靜、靜刃……你到底……』

君兒的意識有些朦朧，但從這段時間感受到那顆菱狀晶體朝她流來的力量之中明白，靜刃並沒有傷害她的意思；相反的，靜刃正用著某種力量治療她的靈魂傷勢。創傷在癒合時讓她的靈魂慵懶不已，幾乎很長的時間都在沉睡。而當她久久一次甦醒，總能感覺到自己的靈魂似乎又更扎實穩固了一些。

眼下，她知道自己的靈魂傷勢已經快要完全痊癒，恢復成真正完整圓滿的靈魂狀態。

本來以為靜刃奪取她的靈魂是要傷害她，現在卻反過來幫忙她治療靈魂傷勢，這究竟是為什麼？

靜刃來到了光球前，望著那顆靈魂球體，亮度比起當初更加耀眼幾分。

觀望了一會靈魂光球的狀態，靜刃微笑說道：「君兒，妳的傷勢就快痊癒了，之後妳就能夠以最完美的姿態面對覺醒的考驗。相信和妳擁有同樣頻率的『凶神霸鬼』正在趕來此地的路途上，有他帶妳回去，我也可以放心的完成我最後的願望了。」

這是靜刃第一次透露出要釋放君兒的意思，令意識模糊的君兒有些不解。

既然一開始就沒打算傷害她，又為何要掠奪她的靈魂？難道僅僅只是為了治好她嗎？

『靜刃、你到底想做些什麼……』君兒滿心不解。

沉默了許久，然後靜刃微揚唇角，說道：「只是為了我的『願望』而已。為了我的願望，君兒妳必須活著，並且成為超越毀滅宿命的星星魔女，將那份毀滅之力轉換成希望與奇蹟的力量。而要讓妳擁有能夠挑戰命運的力量，妳受傷的靈魂必須恢復至最完美的狀態才行。這樣的妳，才能夠完整發揮出妳的力量。」

『願望？你不是、已經自由了嗎？』君兒試圖釐清自己的思緒，問出了自己內心最大的困惑。難道靜刃的願望不是希望從精靈王的宿命，以及保護魔女的契約中掙脫而已嗎？莫非他有更深刻的願望還沒實現？

靜刃溫柔的輕笑著，絲毫沒有對待外人的冰冷。他語氣和緩的對著君兒簡單解釋道：「現在只是掌握了一些實現願望的關鍵而已，我真正的願望還沒實現呢。一切都得等靈風到來，那時我的願望才能……」

『你還想對靈風做些什麼？你都已經從王者的宿命中掙脫出來了，留下靈風一個人苦苦承擔著你本來的責任，現在又想要再次傷害他？』

「所以我才說，我的願望還沒實現呢。」

靜刃的一句話讓君兒陷入更深的困惑之中。

這究竟是怎麼一回事？

突然，某種可能性閃過君兒腦海，讓她驀然一愣，驚呼出聲：『莫非你是打算連靈風一起拯──』

「救」字還沒說出，靜刃便抬手操控著神力束縛住了君兒的靈魂光球，讓她無法繼續言語。

「別多話。有時候一句話說出口，可是會影響命運走向的。」靜刃的神情轉為嚴肅，語氣帶上沉重。

『原來……是我們誤會你了嗎？』君兒為自己的猜測震驚不已。

「其實，也不是誤會，而是我刻意為之的行為。為了讓靈風成長，我不得不做出一些讓他下定決心成長的行為。不這麼做的話，他永遠是個心智不成熟的孩子，沒辦法成為我真正期許的存在……」靜刃的聲音帶上了幾分惆悵，似是欣慰、又是感傷。

「下一次我來這裡時，應該就是『凶神霸鬼』要迎接妳回去的那時候了。這次我是來取回我的神格水晶，準備迎戰不久後將要前來的靈風。接下來，將會由母樹代替我的神格水晶協助治療妳的靈魂傷勢。然後……」

靜刃露出了一抹解脫般的笑意，沒有將話說得完全。他一個抬手，纏繞在神格水晶上的綠色觸鬚便鬆了開來。

他雖然成神，卻不需要時時將神格水晶帶在身上。這一次之所以這麼做，也是打算以最完整的姿態對戰靈風。

最後，神格水晶融進了靜刃化為精神體的身軀裡頭，隨後他便與君兒告別離開。

就在靜刃離開了母樹內部的剎那，這株神眷精靈的翡翠色母樹就像由夏日進入秋季的樹木一樣，本來茂盛的樹冠忽然凋零，大量的水晶綠葉在接觸地面時潰散成純粹的力量，消失不見。遽然短少的樹冠多了幾分蕭瑟滄桑之感。

「母親，謝謝……」

靜刃哀傷的看著這株陪伴著他不少時日的精靈母樹。

這株母樹本來就快要死亡了。當時背離新界的精靈女神，在離開時暗中帶走了母樹結出來的樹木果實，在抵達碎石帶以後，利用神力強硬的將之催生而出。接著，覬覦著母樹無限生長的能力的她，在母樹成熟以後，指揮著神眷精靈砍伐、摘採、掠奪母樹的枝幹葉片與生命能量。

當靜刃背叛故族來到此地，這株母樹已奄奄一息，若非精靈王本身擁有治療母樹的法術技巧，恐怕這株母樹早就死去。

但，就算如此，母樹終究有天會走到滅亡的路途之上。為了實現靜刃的願望，母樹決定要在自己衰亡之前，利用自己僅存的生命力治療魔女君兒的靈魂傷勢，好讓靜刃的願望得以實現……

母樹溫柔的傳遞著安慰的意念，要靜刃別為了即將死亡的她而感傷。

靜刃望向奇蹟星的方向一眼，隨後回到正忙於戰爭準備的精靈王城中，繼續進行族群面對戰爭的布局。

＊＊＊

無數的巨龍翱翔在碎石帶的高空上，卻沒有接近屬於精靈族的領地，而是遠遠觀望著；在虛空屏障內，負責監控龍族動向的人類艦隊跟隨在後。

龍族一反常態的觀望舉止，讓人類有些不解。

負責鎮守龍族區域的戰龍，在靈風與永夜一族的戰艦隊伍自新界出發時，就率先一步趕往龍族區域進行防衛工作，以防龍族有任何異動。

只是，精靈領地的變化終究還是惹來龍族關注，但他們卻一反常態的沒有出手進攻——明明君兒這位魔女的靈魂已經離開巫賢架設的虛空屏障保護，為何龍族卻沒有執行宇宙賦予他們的使命？莫非事有蹊蹺？

巫賢經過無數的推算與閱覽命運軌跡之後，只得出了龍族似乎沒有打算在星辰淚火降臨前攻擊的意圖，似乎有什麼人暗中介入了龍族對君兒的行動……而巫賢懷疑，很有可能是那位同樣擁有更動命運的精靈王靜刃所為。

只是這點沒能得到證實。巫賢等人只能相信命運軌跡中透露而出的訊息，待戰天穹順利救回君兒的靈魂以後，留待一段時間讓君兒休養復原，便將準備迎接即將到來的星辰淚火與全面戰爭。

在人類戰艦的共通頻道中，忽然傳來了最高標準警告的嗡鳴聲。

「報——龍、龍族領地那裡，出現一頭近五千米長的紫黑色巨龍！」駐留龍族領地監控的情報員第一時間將消息傳了出去。

戰龍在收到消息以後，眼瞳收縮，驚呼出聲：「什麼？！」

龍神弗爾歐特相隔千年再次出現！這消息驚天動地。

而在遙遠的龍族領地之上，那沉寂許久未出的紫黑色巨龍終於從最巨大的隕石凹坑中探頭出現，就像是宣示他的回歸一樣，冗長又低沉的龍吼聲響遍天地。他張開比尋常巨龍大上百來倍的巨翼高飛而起，爾後沉穩的落到了一顆飄浮在龍族領地最高處的隕石上，高昂著猙獰的龍首，遙望著精靈領地所在的方向——

其他巨龍因為龍神的出現士氣大振。只是龍神仍舊沒有下達攻擊指令，但他的出現已經表明了，這一次的戰鬥他將會參與……

「等候吧，我的族人們。等淚火降臨，便是我們執行任務的時刻了。」龍神弗爾歐特用著低沉的嗓音如此說道，引來群龍龍吼陣陣。

龍神弗爾歐特遠望著精靈領地，眼神不經意的閃過深沉。只要精靈王的願望得以實現，很快的，這個世界的格局將變得不一樣——或許，宇宙意識會察覺到他們龍族的命運已被精靈王暗中更動，到時……就是他們龍族集體償付代價的時候。

另一方面，靈風和戰天穹也收到了龍神出現的消息。

戰龍透過通訊卡片，有些憂慮的詢問戰天穹：「爹，龍神出現，這一次你要出戰嗎？」

「現在人類社會在得知龍神出現的消息以後，紛紛請求你出來發言平穩人心呢——哼，以前沒事的時候就將爹當成洪水猛獸，現在龍神出現才會想要懇求你出現迎戰。」戰龍語氣惱惱，顯然對人類對自己養父前後反差的態度很是反彈。

戰天穹冷漠回應：「弗爾歐特這一次主動出現，也是在逼我出戰，他已經表明態度了，那麼我會前往戰場和他完成千年前那場勝負未決的戰鬥。至於人類方面的事情，我不想管。」

此時戰天穹的心神完全放在救援君兒的這件事上頭。

「對了，龍，你們暫時不要輕舉妄動。按照巫賢所說，距離星辰淚火降臨還有一段時間，龍族應當不會那麼快出手才對。」

戰龍語氣難掩沉重的詢問道：「但是老爹啊，你上一次和龍神交手也是幾千年前的事情了吧？不需要我和其他幾位守護神去試探一下龍神的實力嗎？就怕他比千年以前又更強了。」

「不要緊。他會進步，難道我就不會嗎？你和其他守護神必須保留實力以應對龍族餘下的兩頭龍王，並且顧好龍族防線，其餘就別操煩那麼多了。」像是想到了什麼，戰天穹面露無奈，有些無力的說道：「還有，不要再喊我那個稱呼了……」

「好啦爹！我去忙了，有事再聯繫你。」通訊卡片另一頭傳來戰龍的愉悅笑聲，就在飛速講完這段話以後，他便主動結束了通訊。

原先站在戰天穹身旁跟他討論戰爭布局的靈風，此時緊摀著嘴，肩膀顫抖不已，顯然忍笑忍得很辛苦。

戰天穹有些氣惱的瞪了靈風一眼，這才收回了通訊卡片。

「鬼大人，你和你養子感情真好呢。」因為靈風強壓笑意，所以他臉上的表情說有多奇怪就有多奇怪。

戰天穹只是嘆息了聲。

靈風略微平復了心情，用一種惆悵的語氣勸說戰天穹道：「不過啊，還是請你不要這麼排斥自己的養子喊自己一聲『爹』吧？像我想要靜刃再喊我一聲『笨蛋弟弟』都沒可能了。雖然龍先生實力卓越，但身處戰場誰能保證有沒有明天呢？……『後悔』可是沒有藥可醫的。」

「我知道，只是我心裡還有個關卡過不去。」

靈風淺淺一笑：「相信君兒會陪你走過去的。」

「……此事暫時不談，我們繼續先前的討論吧。關於這一次你們兩大精靈族的戰爭，我從卡爾斯那裡取得了他長年與精靈征戰探查到的詳盡資料……」

＊＊＊

然後，終於來到了永夜一族的精靈艦隊抵達虛空屏障邊界的時間……

精靈艦隊緩下了前行速度，在各戰艦的觀景窗裡，可以看見建築在虛空屏障以外、碎石帶之上的華麗精靈王城。

遠遠的，永夜精靈們看見了那株生長在王城中心的龐大樹木──與他們的精靈母樹相同，卻是翡翠色，如今綠葉快要光禿的另一株精靈母樹。

永夜一族的母樹像是感應到了什麼，向自己的族民傳遞了哀傷焦急的情感──那是對神眷一族母樹感到憂心的情緒。

永夜一族早從羅剎那得知與神眷一族有關的消息，自然也知道神眷一族的女神竟然培育出了另一株精靈母樹的這件事。這些訊息來自於這幾千年來，人類與神眷一族戰爭時帶回的珍貴訊息。如今當永夜精靈終於見到那株極其雷同自族母樹的巨木，但對方的母樹卻呈現衰亡之貌，讓永夜精靈無不倍感震驚。

母樹的壽命比精靈還長久，可達數十萬年，唯有受到外力重創才有可能衰敗；但神眷母樹誕生的時間不長，為何如今卻如風中殘燭，彷彿死之將近？

靈風站在母樹戰艦的艦橋處，驚愕的看著神眷一族那高聳入天卻衰敗光禿的母樹，不解為何明明有靜刃這位精靈王在身旁，那株母樹卻還是將要邁入死亡。除非……神眷一族的母樹早在靜刃抵達以前，就已經快要死亡了！

而就在他們抵達虛空屏障的邊緣不久後，那本來平靜的神眷精靈王城終於有了變化。無數艘梭形的綠色戰艦拔地而起，很快就在虛空屏障以外的星空之中排出了整齊的應戰隊列。

儘管永夜一族早就從人類手中取得相關資料，但親眼看見神眷一族的綠色戰艦以後，上頭那真實無比的植物綠葉與藤蔓造型，令眾精靈震驚不已。

「那不是需要寄生在母樹身上，掠奪母樹生命力得以生長的植物嗎？」

「天啊，他們竟然使用了那個禁忌的植物種子！」

「……他們究竟是砍伐了多少母樹的枝幹才能製造出那麼多的戰艦？！」

「他們竟然這樣對待母樹，這實在是──」

神眷精靈與永夜精靈一樣擁有建造戰艦的技術。

在靜刃還未前往該族時，神眷一族在精靈女神的命令下，將一種靠著掠奪母樹生命力瘋狂生長的禁忌植物栽種在母樹上，在其生長的同時，將之打造成梭形戰艦的模樣，直至寄生植物處的部分生命力被抽取完畢為止。

這種寄生植物在死去之時，將會變成無比堅固的存在，再加上神眷一族自永夜一族帶離的精靈技術，稍微改製就可以令其成形的艦身航行於宇宙之中。

儘管永夜一族早就知道有這樣技術的存在，但因為那是建立在傷害母樹上才得以製造而出的器物，所以他們早就將那種植物列作禁忌。沒想到精靈女神竟然保有那種植物的種子，並且這樣濫用母樹！

不停的被掠奪生命力——這就是神眷精靈母樹之所以會衰亡的主因！

哪怕永夜一族對神眷一族的母樹並不熟悉，還是令敬愛母樹的他們難以接受。

「王，前鋒隊伍的族人傳來了出戰請求！」一名神情憤慨的永夜精靈如實傳達著訊息，並且自動自發的補上了自己的建議，「請王同意！神眷一族太過分了，他們竟然那樣傷害母樹！」

靈風抿了抿脣，在沉思許久之後，他沉著臉，嚴肅的下達了族人無比期待的那句話——

「戰鬥吧！」

戰爭一觸即發。

除去母艦以及護衛艦留滯虛空屏障以內，永夜一族其餘艦隊均駛出虛空屏障。

一出虛空屏障，他們便遭到了神眷一族的強大火力攻擊。

永夜一族不甘示弱，使用了人類與精靈兩族結合重新設計出來的星力光束。

絢爛的光火交錯。

戰爭開始，靈風緊繃著心情，他守在停留在虛空屏障內部的母艦裡頭，等候靜刃的出現。

就這麼一瞬間，靈風忽然感到一陣心悸，目光猛然看向了戰場的某個方向。

靜刃凌空出現在戰場中心，背後的精靈光翼輕顫，化作精神體的他周身散發著神力的光輝，神情平靜。站在無數戰艦中心的身影，對比體積龐大的戰艦顯得無比渺小，然而瞬間，靈風就注意到了他。

「靜刃……」靈風神情複雜的看著出現在戰場中心的兄長。

神眷一族的精靈王出現在戰場上，很大程度的激起了神眷一族的士氣，使得本來僵持不下的局面開始倒向神眷一族。

「靈風，出來吧。以王的身分與我一戰！」靜刃的聲音透過神力遠遠傳了出去。

終於，還是來到了這個時候。

彼此背離的雙子，再一次的因為命運而相遇了。

這一次他們必須為了彼此的願望與信念，正面對決！

靈風緊咬牙根，神情堅毅的踏進了空間裂縫之中，瞬移了出去，準備迎戰他的雙生兄長——

Chapter 160

神眷母樹之死

不久後，靈風終於瞬間移動出現在靜刃的眼前。

與上次見面不同，靈風眼裡再無面對靜刃時的茫然惶恐，只剩下令靜刃嘆息欣慰的堅強。

容貌相同的兩位精靈王兄弟，此刻神情大不相同。

相較於靈風的冷靜、嚴肅，靜刃的臉上卻是輕鬆的微揚著溫暖笑容——彷彿兩人的性格對調了似的。

「靈風，你終於如我所願的成長了。你使用了『遙久之刻』那個禁術對吧？你的選擇是對的。」靜刃點點頭，微笑著說道：「最後一個命運節點終於出現在我眼前，我的願望能否實現就看這一戰了。」

「靜刃，你的願望到底是什麼？」靈風開口就是直接詢問靜刃的目的。他手中已然凝聚出兩把符文雙槍，猶如一頭準備出獵的獵豹一樣蓄勢待發。

「我的願望嗎？這場戰鬥結束，如果你能戰勝我的話，我再告訴你吧。」靜刃緊了緊手中握著的長劍，收斂了臉上溫和的笑意。

「在戰鬥開始前，我想問你最後一件事。」靈風深吸了口氣，沉穩的問出了自己一直以來的疑問：「你有把我當成兄弟過嗎？」

靈風直白犀利的一句提問，讓靜刃閃神了片刻。

靜刃注視了靈風許久，然後輕輕一笑。他認真、肯定的回應道：「你一直是我兄弟。我最親近的靈魂兄弟！」

靈風臉上的嚴肅盡去，因為靜刃的回答而重新有了笑容——釋然的、開心的、帶了幾分悲傷的笑。

「我知道了，那麼就讓我們兄弟倆來做個了結吧。這一次我不會像上次那樣猶豫了。無論靜刃的願望是什麼，但只要傷害了我最重要的人，我一定都要阻止你的願望實現！」

靈風渾身星力湧動，第一次在靜刃面前展現了那份運用禁術從未來換來的強大力量！

「說起來，我好像沒有和靈風全力以赴的戰鬥過吧？希望取得未來力量的你不要讓我失望了。」靜刃揚起了一抹靈風許久未見的燦爛笑容。

殺機霎時迸發。

轟然巨響在兩大精靈族交錯的戰場中心傳出，伴隨著猛烈的星力震盪向四周輻射開來。

兩位精靈王的戰鬥開始了，餘波之猛烈令兩族戰艦紛紛退出了一段距離，讓出一片廣大的區域供兩人在星空中展開戰鬥。

＊
＊
＊

就在靈風和靜刃兩兄弟戰鬥之時，戰天穹暗中潛入神眷精靈的王城，憑著他留在君兒精神之中的感應，試圖尋找到君兒靈魂的所在位置。

精靈王城中沒有太多留守的兵力，防備之鬆散令戰天穹輕而易舉的就潛了進來。他跟著感應，最後來到了神眷母樹的前方，這裡絲毫沒有任何護衛，這讓他覺得有些困惑。

戰天穹微微皺眉，他在來到母樹前方以後，感覺到了一抹想要和他溝通的虛弱意念。那抹意念給他的感覺就跟永夜一族的精靈母樹一樣溫柔。

他看了眼前的巨木一眼，低聲問道：「是母樹的意念嗎？」

一枚翡翠水晶葉片落了下來，戰天穹輕輕抬手托住。他明白這是母樹溝通的一種方式，他不是精靈，無法聽見樹木的聲音，但植物總會用屬於它們的方式試圖傳遞著訊息。

戰天穹集中精神，試圖辨別那抹微弱意念意欲傳遞的訊息。

「裡面……是指君兒就在母樹裡面嗎？我該怎麼進去？」

握於掌心中的綠葉忽然消融成綠色的光點，向母樹枝幹飄了過去。

戰天穹順著綠點的指引，跟著走近母樹，抬手輕觸母樹粗糙的樹身——綠點隨後化作淺淺的光輝穿過了戰天穹貼於樹身上的掌心，就在這一瞬間，戰天穹感覺到自己掌心的著力點消失了，手就像沒入水中似的穿透了樹身。

他隱約明白母樹這是在邀請他進入裡頭的世界，儘管無法完全相信這株屬於神眷一族的精靈母樹，但他相信，以自己此刻擁有的力量，無論遇到什麼樣的困境都能夠順利解決。於是戰天穹順勢走進母樹之中，進入了裡頭的奇異空間。

一進入母樹內部的世界，這裡已經不如君兒昔日進入那時神秘悠遠，光輝暗淡了許多，一些植物孢子都枯萎毀壞了，彌散著一股腐敗的氣息。

「這是……死亡的氣息？」

戰天穹皺著眉環顧著周遭環境，敏銳的察覺到不對勁。

微弱的綠點繼續向前飄移，落到了僅存部分微光的空間中央，那裡有一團由無數觸鬚包裹住的球體，戰天穹可以感覺到君兒的靈魂就在裡頭，那令他激動不已。

戰天穹走向前，母樹也同時收回了纏繞在君兒靈魂光球上的觸鬚。

「君兒……」

戰天穹顫抖著嗓音呼喚愛人的名字，讓靈魂光球微微一亮。

君兒在觸鬚離開自己的光球以後，幽幽轉醒。她在聽見自己這段時間朝思暮想的聲音以後，終於清醒過來。

『天穹？』

戰天穹定了定因為欣喜而激動的心情，小心翼翼將君兒的靈魂光球捧入手心。光球入手時，戰天穹感覺到了一種難言的溫暖在胸口擴散。

「我在這裡。抱歉……我來晚了。我們回家吧。」戰天穹語氣溫柔的說著。

感覺到愛人就在身邊，君兒忍不住覺得想哭。分離的這段時間，她一直擔心著當時離開她前往生命禁區取回魔陣噬魂力量的戰天穹，這位總愛用冷漠隱藏內心脆弱的男子會因為在歸來時，看見她冰冷的身軀後崩潰傷心。

『對不起，天穹，我讓你擔心了。』君兒語帶哭音，終於在戰天穹面前解放這段時間以來壓抑的心情。

「噓，我說過對我不必道歉的。我沒事，至少妳還活著。」戰天穹深吸了一口氣，然而他捧著君兒靈魂的雙手卻隱隱顫抖，難掩終於找到君兒靈魂的激動。

只是，就在戰天穹意欲轉身離開，那本來已散去的綠鬚忽然伸出來勾住了戰天穹的衣袍。戰天穹困惑回首之時，其他的觸鬚捧著一顆猶如翡翠寶石般晶瑩剔透、約一個嬰兒掌心大小的種子，作勢遞給戰天穹。

「這是？」

『母樹的種子嗎？』君兒微微怔愣，隨後勸說戰天穹接下種子。『天穹，帶上種子吧。這段時間我一直受到靜刃和母樹的幫助，現在母樹快要不行了……我想，她是希望我們能夠幫助她傳承希望吧。』

君兒的語氣有些遺憾與難過，就在靜刃拿走神格以後，由母樹接手了治癒她靈魂傷勢的力量傳遞，讓她的靈魂得以痊癒。在這段時間裡，她感覺到母樹一天比一天虛弱的事實。這點從母樹內部裡頭本來神秘幽遠的空間如今轉為頹敗殘破的情形得以看出——這株母樹即將走到生命盡頭了。

「靜刃和母樹的幫助？」

戰天穹因為君兒語中的一段話劍眉緊鎖，他起先以為是靜刃在君兒的靈魂上動了什麼手腳，讓君兒說出這種傾向敵人一方的發言，但當他仔細感覺兩人彼此的精神連結後，得知君兒的靈魂並無

受創或者是怪異感。相反的，君兒的靈魂耀眼且光亮，與他的靈魂共鳴呼應的感覺比過往更深了數倍——同時，他可以清晰的感知到君兒靈魂之中的圓滿與完美，這意味著君兒的靈魂傷勢已經痊癒了！

聽君兒這樣說，似乎是那位精靈王以及母樹聯手為她治好靈魂傷勢？

「那位精靈王到底有什麼目的？」饒是戰天穹，也猜不出靜刃這位精靈王真正的意圖。

『天穹，我們快接下母樹的種子去找靈風他們，我很擔心他們。其實靜刃他真正的願望是——』

君兒還沒說完，戰天穹腳下的地面忽然傳來沉悶的響聲，竟是塌陷了！那本來捧著翡翠果實的綠鬚瞬間枯萎了不少，眼見果實就要掉落。好在戰天穹眼明手快的騰出一手撈過了將要掉落的果實，並且飛身退離了母樹內部的空間。

戰天穹才剛閃身退至母樹之外，那株高聳入天的翡翠母樹就在這麼一瞬間，枝幹不再翠綠，轉為枯黃的褐黑色，並且在剎那支離崩解……

神眷母樹發出了長長的悲鳴，哀傷卻又無奈的心情霎時傳遍了整個區域，戰場上的兩大精靈族都一同收到了母樹最後的意念——

『對不起，不能再庇護你們了……』

沒有恨、沒有怪罪，有的只是母樹滿滿的慈愛與溫柔。

綠葉凋零，化作點點綠光消散。

轟然巨響傳出，神眷母樹那碩大的枝幹徹底崩壞傾倒，內部竟已是一片腐朽的褐黑。

精靈王城中發生的異狀令戰場有了片刻沉寂。

永夜一族紛紛因為母樹最後傳來的意念傷痛不已。哪怕被神眷一族那樣傷害、濫用與不被尊重，母樹仍舊溫柔的給予付出。

永夜母樹也隨之發出了悲傷的長鳴，傳遍了所有精靈的內心。

相較於永夜一族的不捨，神眷一族遺憾母樹的凋零，卻是因為未來沒有母樹這麼好的材料可使用了。他們見永夜一族因此停下了戰鬥行為，破綻百出之時，便見縫插針的展開奇襲！

神眷一族的這番舉動，徹底惹怒了永夜一族。

＊＊＊

在戰場中心的空蕩寬敞區域，靈風和靜刃也不由得因為神眷母樹最後傳來的意念而停下了手邊的戰鬥。

此時的靈風滿身是傷，靜刃則因為化作精神體，身上毫髮無傷但周身神力暗淡，顯然狀況也好不到哪去。

「母樹……」靈風神色沉痛的遙望著神眷母樹崩塌毀損的方向，竟是在戰場上失神了。

靜刃輕輕一嘆，趁著靈風破綻百出的時候，重重一個踏步，藉助神力衝刺而出，持劍向靈風展開猛攻！

可是出乎預料的，靈風卻在靜刃攻擊的瞬間回首對著他揚起一抹苦澀笑意，彷彿早有預料靜刃會趁著他顯露破綻之時進行攻擊。

就在先前短兵交錯之時，靈風一直以符文雙槍與靜刃進行纏鬥，始終迴避著與靜刃進行近身戰——這讓靜刃誤以為靈風終究還是不擅於近身戰。

然而得到未來力量的靈風，這段時間苦心鑽研那份來自於未來自己的力量，早就擁有了強悍的近戰能力！

就在靜刃欺近靈風之時，靈風手中的符文雙槍在剎那間變換成兩把符文長劍，不但擋下了靜刃的攻擊，竟還擁有反擊的能力！

瞬間，靜刃手中由神力凝聚而成的長劍一分為二，用著和靈風相同的武器與之對戰。

雙方瞬間交換了十多招，靈風臉龐被靜刃銳利的劍氣劃出了傷痕、滲出了血；靜刃的精神體則是被破壞了幾次又重新復原，但他每復原一次，周身的神力便更加暗淡無光。

在彼此擦身而過的當下，兄弟倆誰也沒能看到彼此臉上竟浮現相同的神情——同樣的哀傷、同樣的不捨、還有同樣的痛苦。

靈風一個旋身，掩去了方才流露的脆弱情感，手中雙劍再化雙槍，兩道星力光柱直射而出；靜刃則是回復先前的冷靜，像是方才的哀傷並不存在一樣。

幾道月牙銀光切開光柱，兩股能量的碰撞在虛空中炸起煙塵氣浪。

當靜刃再次逼近靈風時，靈風切換自如的將手中武器再次變化為雙劍，接下了靜刃的攻擊。

能量撞擊的爆裂聲響、刀劍相接的鏗鏘聲，迴盪在空無一物的宇宙間……

「這就是靈風未來的力量嗎？」

隔著交錯的雙劍，互相注視著對方的眼神同樣只有堅定；但靜刃的目光中卻多了幾分令靈風感覺異樣的欣慰滿足。

就在靈風心中不解之時，靜刃忽然揚笑，張口吟唱起了曾經在龍神夢中高誦的那能夠更改命運軌跡的精靈法術咒語！

「銘刻於星點之中的奇蹟，隱藏在光輝之中的微火……」

這段靈風未曾聽過的咒語讓他為之一愣，而隨後，靜刃周身凝聚的神力更是濃烈的令他心驚。

「無數的軌跡連往無數個未來／尋覓、探索、盼求——」

靜刃周身的神力忽然化作無數流光，直接將近在咫尺的靈風裹了進去。

就在流光包住自己的這麼一瞬間，靈風忽然被拉進了一處幽暗深遠、閃爍著無數星星光輝的星空之中。但那些看似美麗的星點卻傳遞著危險之感，讓靈風不得不小心迴避偶爾與自己錯身而過的細小光點。

「心中期許的那份願望，靈魂渴求的那份自由／執念的光火指引希望的到來／過去、現在、未來——」

靜刃用著一種虔誠堅定的語氣唱誦著咒語，直到最後一段咒語詠唱出口，他的神情染上了仇惡與猙獰。

「只求超越宿命，只為終結悲劇／變革命運，扭轉既定結局──」

靜刃驀然暴起，手中的雙劍亮起了一片灼人光亮！

看著這樣殺意暴湧的兄長，靈風只覺得內心一片淒涼。

他同樣舉起了劍，劍光閃動。

「哥哥，我們一起死吧……這一次，你不用再自己獨自一個人承擔那樣沉重的責任了。」

靜刃呼吸一滯，卻是溫柔的笑了起來：「時間到了，靈風……永別了！」

交錯的劍光在瞬間震盪出了猛暴的力量，兩種光輝碰撞激起了絢爛刺眼的白光。

在光輝刺得眼睛無法視物之前，靈風只聽見靜刃最後的告別，還有那張與自己相仿的容貌上，那決然狠辣卻又釋然解脫的神情，以及與白光融合為一，朝他劈砍而來的劍光……

靈風忽然一陣鼻酸。

「靜刃，你的願望究竟是什麼……」

光，最後掩沒了一切。

隱約間，靈風聽見了靜刃喃喃自語的一句話──

「謝謝你是我兄弟。」

Chapter 161

眞正的願望

當雙王戰鬥的區域因雙方力量的碰撞，傳來猛烈能量的震盪，爾後在星空中亮起了異常耀眼的光輝時，戰場上的精靈們無不將注意力落到了那場戰鬥的區域所在。

他們知道，當兩位王最後戰鬥的結果出來，也是這場戰爭的結局了。

只是突然的，所有精靈的內心傳來了遽然失去某種重要事物的空虛感——王的連結消失了！

不只永夜一族有如此感受，就連神眷一族也同樣感覺到了那種異樣的感受。

那種空缺感，如同上一次失去靜刃這個王的聯繫一樣，而這一次，他們失去的，是靈風那一部分的連結！

相較於永夜一族的震撼悲涼，神眷一族卻是激動不已，以為是自族成為神靈的精靈王靜刃戰勝了。

然而，當雙王戰鬥區域的光輝盡去，卻是空無一人。

靜刃和靈風都消失了。

兩大精靈族沉默了許久，也等候了許久，兩位王都沒有出現……

這讓本來以為戰勝了的神眷一族驚慌不已。

戰場上因為雙王的失蹤而陷入一片混亂。但永夜一族很快就在早已得到靈風授命的長老協會指揮之下，繼續這場失去王的戰鬥——就算失去了王，他們也要親手制裁這些背叛王、背叛母樹的神眷一族！

＊＊＊

時間回到稍早之前，當靈風和靜刃激鬥所造成的能量光輝還未散去之前。

被白光刺得看不見事物的靈風，深刻的感覺到胸膛上傳來了異常的劇痛感，也感覺自己的長劍貫穿某物的扎實感觸，這不由得讓他思緒有些凝滯。

靜刃是精神體，在他們彼此交戰之時，他就算攻擊到了靜刃也沒有實質的感受。但為何這一次，他卻感覺到了自己的劍貫穿了某物？那並不像是利劍刺穿血肉，而是一種鑿穿了某種物體的異樣感受。

自己胸膛上的疼痛也令他感覺詭異，那並不是身體血肉上的痛楚，而是另一種來自於靈魂之上的痛感。

當光輝漸弱，靈風終於得以看見靜刃此時臉上的表情。

猙獰且瘋狂，卻不是針對他。

靜刃手中本應該要貫穿他身軀的長劍前端，沒入了一顆不知何時在靈風胸口前亮起的命運節點。

靈風並沒有受到實質的傷害。

那顆命運節點，才是靜刃的目標。

「毀滅吧——該死的王者宿命！」靜刃一聲咒罵，長劍一顫，化作純粹的神力衝擊進了那顆象徵著精靈王永世宿命的命運節點之中，將之徹底破壞殆盡！

靈風只覺得靈魂裡頭似乎有什麼崩壞了，痛苦立即席捲而來。

這時，靜刃那已然化作虛影的掌心蓋到了靈風的心口之上，溫暖的力量瞬間平復了靈風那源自於靈魂深處的痛苦。

此時的靜刃，身影已經淡化的有些透明，讓靈風可以清楚看見他刺穿靜刃精神體中的長劍，也一同貫穿了某樣物體——一塊有些殘破的菱狀水晶。符文長劍洞穿了那顆本來已經有些殘缺的菱狀水晶，使之上頭布滿了蛛網般的裂痕。

在這一瞬間，靈風明白了，他竟然破壞了靜刃的神格水晶！

神倚仗著神格而生，神格毀滅則靈魂俱滅。這意味著靜刃即將步入終亡的結局。這樣的認知讓靈風渾身顫抖。

靈風的心裡只剩震驚。他注視著自己胸前被靜刃破壞的奇異光點，光點此時正緩慢的潰散成虛無。在那麼一瞬間，他忽然感覺不到精靈族人的存在，彷彿有某種連結被斷開了！

「這個光點……是什麼？為什麼我感覺不到族人了？」靈風困惑不已的詢問道。

靜刃輕喘了口氣，他為了平復靈風因為割捨王者命運軌跡而痛苦不已的靈魂，幾乎要將神力消耗殆盡。收回手，他看著靈風震驚愕然的神情，揚起了一抹淺淺的笑容。

「靈風想知道我真正的願望是什麼吧？你知道這一世的精靈王為何要一分為二嗎？」靜刃忽然問起了有些不太相干的問題，他想要抬手觸碰靈風，然而化作精神體的手卻穿過了兄弟的軀體，這讓他輕輕一嘆。

他的時間不多了，但他還有很多事情必須告訴靈風。

「早在萬年以前，精靈王就開始著手策劃，從這場無盡輪迴的夢魘中掙脫——而這一世，便是王得以實現願望的最後一次輪迴。繼承了王者累世記憶的我，是為了得到『解脫』的自由誕生；而單純空白的你，則是精靈王所期盼的『未來』，象徵自由自在，再無束縛的『真正自由』。」

「我真正的願望，是希望我們都可以從這份宿命中得到自由。」

靜刃抬手解除了更改命運的法術，忽然面露痛苦。前次他更動的是與自己沒有直接關聯的龍族命運，這次他更動的則是與自己極其親近之人的命運，儘管此時的他已成為神靈，更動命運，還是受到了反噬衝擊。

待靜刃平復狀況以後，他才幽幽開口解釋：「剛剛我破壞的那個光點，便是精靈王累世宿命的『命運節點』。只有破壞那個節點，我們才算是真正得到自由。」

「我不太懂……」靈風怔怔的說著，靜刃的話語與行為完全打翻了他的認知，讓他內心混亂不已。他看著靜刃分秒都在淡化的身軀，有些驚慌失措，再沒了先前與靜刃對戰時的冷靜堅強。

靜刃溫柔又無奈的看著靈風，嘆道：「由於前代精靈王以及我擅自利用某代精靈王創造出來的、那得以更改命運軌跡的法術，更動了精靈王的命運。我的願望得以實現的代價，便是使得我最親近之人以及族群變得不幸……」

「靈風為了變強而使用了『遙久之刻』，是在我的預料範圍以內，你的未來已然失去，等同於未來的你將會步入不幸。但為了讓你擁有能夠足以與我為敵的力量而不得不那麼做。因為必須由你這位被更動命運的存在親手償付代價，由你來……殺死我這個更動命運的罪人，只有這樣，才能終結我們彼此的不幸。」

「君兒說我一直都在傷害你，對於這點，我很抱歉……」

靜刃歉然一笑，抬手就想像小時候一樣，揉揉靈風的頭髮。卻在想起了自己已經無法觸碰到靈風以後，只好無奈的收回手。

「我剛剛動用改變命運的法術改動了靈風的命運軌跡，未來的你將不再為王，你將作為一個單純普通的靈魂為自己而活，可以自由的去愛、自由的選擇自己想要的生活；就算此生結束，你在輪迴以後也不用繼續承擔前世的記憶，將會成為真正自由的存在……但，再次更動命運的代價太重了，靈風的未來已無力承擔，所以我一開始就決定了，由我來代替你償付那份代價，正好能讓繼承王者累世記的我，得到永遠的『解脫』——靈魂層面的真正解脫！」

「連輪迴都不再擁有，連累世記憶一同毀去，連這份千萬年的痛苦與沉重一起終結的解脫！」

靜刃的臉上有著終得解脫的瘋狂。

靈風早已呆滯當場，事情轉折得太快，讓他根本沒時間去仔細思考。靜刃布了那麼大的局，殺死精靈女神成為神，奪走了君兒的靈魂，為的就是求得一份解脫？

「王的記憶真的那麼沉重，讓靜刃一心求死嗎？」靈風喃喃自語，神情恍惚。

「呵呵……」靜刃只是輕笑著，卻說起完全不同的話題：「話說，自從我們分離以後，靈風也終於長大了。這就是未來的你嗎？沉穩之餘又同時保有自由之心的未來……既然如此，我就安心了，相信未來的你，一定也選擇了自己想要的人生吧？」他看著此刻的靈風，眼裡只有安慰。

靜刃說的話語讓靈風感到惶恐不安。

「哥哥！」

聽著靈風的這聲稱呼，靜刃溫柔且滿足的笑了。

「謝謝你是我弟弟。請你永遠就像那靈動之風一樣，自在的活著吧……告別悲傷的過去，迎向充滿希望未來。」

靜刃真的累了。承載著無數位王者的哀傷與憤怒、無奈與痛苦，他是個被「過去」束縛的存在。當初會在降生時一分為二，就是期許那個空白的另一半靈魂，能夠代替他迎向「未來」。

靜刃語氣平靜的開口言述祝福，看著靈風的眼神帶著幾分歉意。

「很抱歉，我必須讓靈風來殺死我。因為只有這樣，代價才能得以償付，我們才不會成為下一個被宇宙意識追殺的罪人。只是讓你承擔這些，真是對不起……希望靈風能原諒我這個不稱職的哥哥，並且請明白一件事——這個世界有種愛，叫做殘酷。請原諒我過去對你所做的一切，不這麼做的話，你無法成長為能夠主宰自己命運的真正主人……」
靈風不知何時早已散去那貫穿靜刃神格的符文長劍，可卻再也無能為力，只能眼睜睜的看著那顆被他破壞的神格逐漸失去神力的光輝，連帶讓靜刃的靈魂開始隨之消散。
此時靈風的內心早被滿滿的痛苦與自責給淹沒。
——他親手殺了自己的哥哥啊！
哪怕這是靜刃所期許的願望，他還是無法接受這樣的事實！
「不用悔恨自責，因為這是我自己選擇的結局。」靜刃試圖維持著神格的完整，讓自己的靈魂不至於那麼快消亡。
「靈風，別哭。還有事情沒完成呢……背負著神騎契約的你還不算真正得到自由。走吧，去見君兒，有些事我得告訴她……我和母樹已經一起治療好了她的靈魂傷勢。此時的她，應該已經回到『凶神霸鬼』的身邊了。只是此時的我沒有多餘的力量可以移動到魔女身旁，只能麻煩你送我一程了。」
「就當是我這位哥哥，最後一次拜託你幫我做事吧……」
靈風早已淚流滿面，輕輕的接過靜刃朝他遞來的神格水晶，帶著靜刃的虛影瞬移了出去。

＊＊＊

戰天穹捧著君兒的靈魂，和君兒一起為了死亡崩塌的母樹默默哀悼著。

此時，靈風帶著靜刃的虛影與神格來到了兩人身旁。

『靈風你還好嗎？還有靜刃——』君兒憂心忡忡的對著兩人詢問道，卻在感應到靜刃的靈魂幾近消亡時傻愣住了。

靜刃的虛影來到了君兒和戰天穹的身前，他微微揚笑，語出驚人。

「君兒，用一個消息換妳的一份許諾，好嗎？」

「……你什麼意思？」戰天穹在靜刃近身之前就護住了手上的君兒靈魂，神情戒備的瞪視著他。

「呵呵，我擁有更動命運的能力，相信那位『白金魔神』應該也具有這樣的能力才對。只是不曉得他有沒有從命運中得知，君兒永遠無法成為奇蹟魔女的這件事？」靜刃嗆咳了幾聲，卻是笑道：「不、應該說，就算君兒超越了命運，她的本質還是職掌毀滅力量的『終焉魔女』。」

「你說什麼？！」戰天穹頓時一驚。

靜刃繼續說了下去：「絕望與希望是相生的，就像沒有黑暗就沒有光明，沒有生就不會有死一樣……唯有承認以及接受自己所擁有的毀滅之力，君兒才能從毀滅之中誕生能夠成就希望的奇蹟之力！——這將是君兒在不久後的覺醒考驗中，必須了解到的一件事。」

「妳永遠無法捨除毀滅的力量，妳唯一能做的，就是接受那份力量，然後將這份力量用在對的地方……」

靜刃隨後的話語因為身體的逐漸消散，而開始斷斷續續了起來。他看著君兒，語氣誠懇的詢問道：「這樣的消息可否、換得妳的一份承諾呢？」

君兒慎重的詢問道：『靜刃希望我怎麼做？』

「想辦法解除靈風的神騎、契約。讓他自由……」

『就算你不這麼要求，我也有這樣的想法。我答應你，我一定會找到解除靈風契約的方式，讓他自由的！』君兒肯定的給出了答覆。

「謝謝……」靜刃虛弱一笑，身軀的潰散在一瞬間加速。

「哥哥！」靈風忍不住走上前，可惜卻沒辦法碰觸下半身已經化為虛無的靜刃。靈風看著這一

幕，眼淚又不爭氣的滑下了。「不是說我們是兄弟嗎？不要丟下我，我們是最親密的靈魂兄弟，要死也是我們一起死！」

「靈風，答應我、好好活下去。因為你是王一直以來、所期許的自由，可不能連你都放棄自己了。」靜刃溫柔的看著與自己容貌相同的雙生兄弟，語氣慎重的要求道。

「靜刃！你敢丟下我的話，我會永遠恨你的！」

聽到靈風這般怒吼，靜刃也只是微微一笑，「好、你恨吧……只要能讓你活下去，那就恨吧。」

「我用我的未來，換回你犧牲的未來，活下去。而我這個承載王者沉重過去與悲傷的靈魂，就讓我永遠湮滅吧，讓靈風從王者的宿命中自由，並能從保護魔女的神騎契約枷鎖中得到解脫。這就是，我一直以來期許的真正願望……」

靜刃平和的笑了，這是他這輩子，最沒有負擔的開朗笑容，像是放下了心中的大石一樣。

「我不要！這樣的未來我不要啊靜刃！你這個混帳哥哥——」靈風嘶吼著，一手緊握著靜刃的神格水晶，對著靜刃高聲咒罵。

靜刃看著他哭得像個孩子一樣，卻是幽幽嘆息：「笨蛋弟弟，這是我唯一能替你做的事。往後你就自由了，我也得到解脫了，再沒有什麼事物能束縛我們彼此。你可以去追求你想要的人生，而我終於能永眠了……千萬年呀，王的記憶是如此的沉重，終於可以放下了……」

戰天穹神情複雜，卻也明白，這是超脫宿命必須付出的代價。正如巫賢和牧非煙為了超越命運而導致牧辰星的不幸一樣。在擅自更動命運軌跡之時，就註定有人必須償付更動命運的代價。靜刃不過就是在實現願望之時，以激進的方式選擇了承擔償付代價的舉動，以此換得自己願望的實現與兄弟的自由而已。

「君兒，我祝福妳終能超越魔女的宿命。」靜刃對君兒言述祝福，同時回首看向半跪於地的靈風，眼帶哀傷。

「永別了，靈風，我的笨蛋弟弟……謝謝你是我弟弟。」

靜刃最後含笑消逝在空氣之中，他的神格水晶也在他消失的剎那間，徹底斷裂成兩半，神力俱失，變成了再尋常不過的普通晶體。

「混蛋哥哥！」靈風捧著靜刃的神格水晶，哭喊著，卻怎樣也喚不回那永逝的靈魂兄長。

隱約間，逐漸消散的神力光點中似乎傳來了靜刃最後的呢喃聲：「活下去吧，靈風……你已經自由了，這個世間，再也沒有什麼能夠束縛熱愛自由的你。就像那靈動之風一樣，永遠的悠遊世間

吧。代替我，活下去……活出，自由的未來。你，就是我真正期許的自由。」

「不、不要！靜刃哥哥——」

靈風慌張的想要留住靜刃最後化作的光點，但那微光最終還是消散在他掌心之中，連點痕跡都沒留下，就如同此人未曾存在過一般。

就在這一天，雙子精靈王的其中一位，為了自己的雙生弟弟、也為了自己，在變更命運軌跡之時，償付出了無比沉重的代價，卻也換得了一份解脫。

靜刃為精靈王的永世宿命畫下了終點。往後，靈風將不再為王，可以作為一位普通精靈為自己而活了。

然而面對逝去的存在，活著的人卻得承受失去至親的深刻痛楚。

「混蛋靜刃！不是說我是你兄弟嗎？那又為什麼要讓我承受殺死你的絕望，讓我承載這樣的痛苦活下去？哥哥是大騙子！」

心痛已經不能描述靈風的痛苦。身為分裂的靈魂半身，就算靜刃已經在成神以後斷開了與他之前的靈魂聯繫，但過去兄弟倆靈魂彼此存有聯繫的感受仍深深刻印在心裡。

哪怕成長了，彼此幼年時期的天真記憶恍如隔日。那時的他們多麼單純，就只是玩鬧和學習，也許偶有爭吵，但很多時候他們還是感情很好的一對兄弟；然而就在靜刃成年失蹤以後，他曾無數次期許靜刃能夠回來，他們兩兄弟可以一起做很多事……原來這樣的期許終究只是奢望嗎？

靈風最後悲憤的抱著已然碎裂的神格水晶放聲大哭。

看不下去的戰天穹抬手按住靈風的肩膀，輕輕一嘆，說道：「只要你還記著他的一天，他永遠活在你心裡。」

君兒顯然也沒有料到，雙子兄弟最後會走到這樣的結局。她語帶顫音的勸說靈風道：『靈風，如果這是靜刃的願望，那就讓他走吧……請如他期許的那樣，好好的作為一位自由的靈動之風活下去。』

「……他走了，那我呢？」靈風無力的垂下手，神情寂然空洞的流著淚。

戰天穹輕輕一嘆，決定帶著同樣感傷的君兒先一步回去新界，將君兒的靈魂送回她的身體裡頭，讓靈風獨處一段時間，相信靈風會明白他兄長的一番苦心，振作起來的。

就在戰天穹帶著君兒踏入空間裂縫，瞬間移動離開以後，靈風像個孩子一樣，將自己這段時間隱忍的痛苦、被兄長拋下的慌張、承擔王者責任的壓抑，在那顆已然裂作兩半的神格水晶前宣洩而出。

他忍不住想起了小時候和兄長相處的過程。嚴肅卻又溫柔的靜刃、嚴格卻又總是縱容他的靜刃……曾經期許過多少次，兩兄弟能再一起高飛在母樹的樹梢上，一同眺望熟悉的村落，談論彼此對未來的夢想；又或是他們兩兄弟可以一起為了族群的未來共同努力相商，偶爾他會和小時候一樣和靜刃因為意見不合而爭吵，但最後靜刃總會對他無奈一笑，包容的說一句「真拿你沒辦法」。

那些畫面，終究只能存在於回憶的一角，永遠無法再次實現。

他的哥哥啊……最後只能透過回憶思念，並且成為他永遠無法痊癒的傷口。

Chapter 162

局勢突變

就在距離新界億萬光年的所在，無數純由星力凝聚而成的彩虹流火正飛速的前進。這些來自於宇宙深處，為宇宙意識用來懲處與破壞違反命運軌跡的罪人及惡世所降下的懲戒之火，忽然集體加快了行進速度，直朝新界加速飛來。

靜刃更動了靈風的命運軌跡，這將會影響到靈風以及他身邊最親近之人——精靈族群已經與靈風斷開連結了，所以靈風此刻最重視且親近的，便是他視作妹妹的君兒。

靜刃的舉止或許將靈風自漫長的王者輪迴宿命之中解放，卻無可避免的將另一位與靈風親近之人帶進了更新的危機之中。靜刃早有預料，所以才會提醒君兒在覺醒時應當注意的重要事項，只是局勢突變的速度卻出乎所有人的預料。

就在星辰淚火發生異狀時，關注此事的人紛紛察覺到了。

＊＊＊

龍神弗爾歐特昂起頭，遙望蒼穹深處，低語道：「淚火提前了嗎……？」

不曉得精靈王靜刃實現了自己的願望沒有？

解脫與自由啊，多麼美好的兩個字詞……奈何他們龍族的罪業太重，妄圖全族挑戰命運並且違抗宇宙意識的下場，讓他們只能求得個體的自由與解脫，而其餘全族則將代替那個自由的個體償付代價。

想到此，龍神總會忍不住羨慕起那天生擁有改變命運能力的巫族罪人。儘管巫族最後只剩下巫賢以及被他以巫族血脈重新孕育的「魔女」，但巫賢擁有的能力還是令龍神羨慕不已。

如果他們龍族擁有那樣的力量，搞不好就能挑戰宇宙意識成功了也不一定。

可惜……那些都只能想想而已了。

事到如今，他們只能盡力完成宇宙交付給他們的任務，然後在戰鬥中死去，以求得另類的解脫。

＊＊＊

新界，神陣高塔的地下室核心所在。

君兒的身軀平穩的飄浮在核心中，牧非煙則守在她的身旁，使用符文技巧將由神陣的本體符文法陣牽引而來的星力，轉換成維持君兒失去靈魂的身體生機。

而在君兒的身旁一側，巫賢和羅剎並肩背對著君兒站立，前方閃動著無數光屏投影的螢幕，監控著世界各地的情形。

——巫賢啟動了所有他早年建立在新界奇蹟星上的遺跡，並且將所有遺跡各功能的系統連接到神陣的核心，將之作為統整資料的基地。

這時，其中一個視窗忽然彈出了警告訊息，巫賢和羅剎看著這用來監控星辰淚火情況的警示視窗不由得心驚。

「星辰淚火……發生什麼事情了嗎？」巫賢皺了皺眉，對於這出乎預料的情況感到不安。他點開視窗，卻是在閱覽訊息之後驀然瞪大眼。

「該死！星辰淚火提前了！」

「什麼？！」一旁的羅剎和牧非煙同聲驚呼。

巫賢果斷的下達命令：「羅剎，計算星辰淚火提前抵達的時間與衝擊虛空屏障的位置座標！」

「是，父親大人！」羅剎接手了巫賢挪來的光屏投影視窗，手腳俐落的操作了起來。

巫賢隨即走到一側，召出了自己的「命運咒書」，試圖了解究竟發生了什麼事，讓星辰淚火加快了降臨時間。

牧非煙一臉憂心忡忡的望著巫賢，等候他的結論。

不久後，巫賢臉色陰沉的重重闔上金書。

「該死的精靈王……」他原以為只要在靜刃和靈風重逢展開戰鬥時，讓戰天穹前往救援君兒，一切都會平安無事了。卻沒想到精靈王靜刃居然是打著更動自己兄弟命運軌跡的意思，在更動靈風命運之時，連帶也影響了對靈風同樣重要的君兒命運！

「戰天穹還沒回來嗎？！」巫賢咒罵了聲，不由得有些焦慮。

「阿賢，冷靜點。噬魂一定會回來的。」牧非煙在一旁輕聲安慰，只是臉上同樣有著擔憂。

星辰淚火提前，意味著時間不多了。君兒靈魂回歸身體後需要時間才能重新穩固連結；重新刻劃靈魂椿紋也需要時間。

種種因素加在一起，不免讓巫賢心浮氣躁了起來。

另一方面，正在進行超遠距離瞬移的戰天穹忽然察覺到了不對勁。

君兒的情況不對。她的靈魂光球此刻光輝忽明忽弱，無論戰天穹怎樣呼喚也沒能得到回應。戰天穹萬般心焦，他唯一能做的就是盡速將君兒的靈魂送回，由最了解君兒情況的巫賢判斷情況。

戰天穹踏出空間縫隙，第一件事就是衝著巫賢直喊道：「巫賢，君兒的情況不對勁！」

「怎麼回事？！」巫賢一見到戰天穹自空間縫隙中跨出，便神情難掩焦急的走向他，忍不住劍眉緊鎖，目光憂心的看向戰天穹捧在手心上的小小光球。

而此時，君兒就像方起床的人一樣，回話帶了幾分憨傻：『唔……天穹，我沒事，就是忽然又恍神了而已。我剛剛好像聽到有個聲音在跟我說話。』

就在君兒話語方落瞬間，在場眾人無不呼吸停滯了片刻。

「聲音？」巫賢一愣，然後神情變得扭曲驚愕。

隨後他像是了然了什麼，焦急的暴吼出聲：「毀滅意識！那一定是毀滅意識的聲音。沒想到毀滅意識竟然開始與君兒接觸了？！快把君兒的靈魂放回她的身體，我要立刻刻劃靈魂椿紋！羅剎，監控虛空屏障跟世界情況的任務就交給你了；煙兒來協助我進行椿紋刻劃；戰天穹你跟我來，羅剎必須代替我工作，你得代替他的位置幫我穩定君兒的情況——」

巫賢馬不停蹄的開始刻劃靈魂椿紋的準備。戰天穹也一反常態的順從巫賢的命令，協助他進行準備工作。

君兒只是沉默，她多少能夠從旁人的緊張情緒中明白接下來要進行的事情有多麼慎重。此時的她只需要調整好自己的狀態，準備返回自己的身軀——就是不知，闊別數個月再回到身體裡頭，身體會不會產生什麼排斥反應？

巫賢趁著準備時，趕緊向君兒解說要進行的事項：「君兒，時間不多，我簡單跟妳解釋一下。等我會先檢查妳的靈魂狀態，如果靈魂沒有任何問題，會馬上讓妳重返身體。不過由於妳離開的時間太久，重新適應身體需要花點時間。接著，我會讓戰天穹透過和妳聯繫的精神力，幫妳穩定妳的靈魂，然後再進行刻劃靈魂椿紋的工作，這可能需要持續七天不等的時間，這段過程妳不能沉睡，所以必須承受刻劃椿紋時的不適反應……妳明白了嗎？」

君兒沉默了許久，然後用著困惑的聲音詢問道：『你是誰？』

這位白髮金眸的男子似乎有些眼熟？

……等等，她見過這個陌生男性！在那場屬於牧辰星的夢境之中！就是這名男性讓牧辰星悲傷、心痛，最後還手持噬魂殺了牧辰星！

君兒像是想起什麼似的，驚呼出聲：『你是巫賢？！牧辰星曾經愛過的那位男性、也是最後殺死牧辰星的人？』

巫賢的神情因為君兒對他的這番認知染上了幾分滄桑，他苦笑的說道：「是我沒錯。同時……我也是妳的親生父親。」

『……我的、父親？』君兒一愣，卻是不敢置信。

說實在話，她還沒有做好與父親相遇相認的心理準備；就連當初知道牧非煙的存在，與她見面，君兒也花了一段時間做心理準備——怎麼她只是被靜刃奪去靈魂一段時間，她的父親就忽然出現了？他之前都在哪？為什麼……

牧非煙趕緊走了過來，梨花帶淚的望著君兒的靈魂，代替巫賢給出了回答：「君兒，妳別怪阿賢。他之前都在沉睡，是直到妳的靈魂被奪走以後才甦醒過來的。請原諒他沒有在妳的生長過程中出現過，那是因為他有其他更重要的任務。為了建立一個讓妳得以挑戰命運的舞台，阿賢犧牲了很多，也包括了陪伴妳成長的時間……」

君兒看著淚眼婆娑的牧非煙，喃喃的呼喚了聲：『媽媽。』

這時，先前在君兒耳旁低語的那個聲音又響起了，這一次她清晰的聽見了對方的話語。而這個神秘的聲音，稱呼巫賢和牧非煙為——

『……罪人？』君兒不由自主的重複神秘聲音的話語。

巫賢和牧非煙呼吸一滯，戰天穹更是一愣，因為君兒在說出這個語詞之時，那語調之冰冷無情，令他們感覺無比陌生。

不過，此時不是敘舊的好時機，巫賢深吸口氣，壓下心中那份苦澀，張口向君兒解釋：「君兒，妳聽我說，無論妳腦海中的那個聲音跟妳說什麼，都不要回答、不要聽信，知道嗎？那是魔女的毀滅意識……妳的前世，牧辰星就是受到了那個聲音的蠱惑，最後才覺醒成『終焉魔女』的。」

君兒因為巫賢的發言為之傻愣，這才有所警惕了起來。

『我知道了，我會小心的。』君兒透過靈魂的視野，默默的觀察著巫賢。

她對牧辰星的了解僅僅只是透過夢境知道部分，唯一清楚的，是牧辰星愛著這個男人；還記得他將噬魂送給了辰星，又將噬魂從辰星手中奪走；還記得，他最後和牧非煙與羅剎一起，手持著噬魂所作的武器殺死了覺醒為「終焉魔女」的牧辰星……

她一直搞不懂巫賢的目的為何，在這場不知開頭與結尾的戲劇中，又是扮演著什麼樣的角色。他說他是她的父親，但她對他只有陌生。

「現在不是跟妳解釋前因來由的好時機。星辰淚火加速了降臨時間，羅剎還沒推算出將會提前多久，所以我們得動作快點才行。君兒妳準備好要回歸身體了嗎？」巫賢語氣嚴肅的詢問道。

戰天穹在一旁也忍不住勸說出聲：「君兒，等妳回到身體之後，我們再一次跟妳講清楚。現在先別煩惱巫賢的身分和毀滅意識的事情。等淚火降臨，魔女的毀滅意識會真正甦醒，妳得先做好萬全準備與之抗爭。」

面對戰天穹，君兒的語氣這才放柔了幾分。她回道：『好。』

巫賢和牧非煙來到君兒的身體旁邊，示意戰天穹將君兒的靈魂小心的放回她的身體上頭——靈魂光球離開了戰天穹的掌心，飄浮在君兒的身體上方。牧非煙將君兒的靈魂用利用星力托起，而巫賢則開始檢查君兒的靈魂狀況。

「嗯？靈魂傷勢……竟然復原了？到底發生了什麼事情？」巫賢為之一驚，用困惑的表情看向戰天穹。

戰天穹這才連忙解釋，精靈王靜刃在奪去君兒靈魂以後，不但沒有傷害她，反而還治療了君兒的靈魂傷勢。同時，他也將靜刃最後交代的事情轉述而出。

巫賢劍眉緊蹙，因為自己竟然沒有觀察到靜刃所說的那件事而有些氣惱自責。

「那位精靈王竟然打著這樣的主意？算了，至少對君兒是好事……既然君兒的靈魂狀況復原了，那可以省下很多繁瑣的儀式過程。事不宜遲，開始進行靈魂歸位，我將要重新刻劃靈魂樁紋。」

原本的君兒靈魂因為有傷，所以在出生時無法與身體契合，必須在身體上刻劃靈魂椿紋穩定；只是儘管此時的君兒靈魂已然傷勢痊癒，但巫賢為求保險，還是打算為她重新刻劃椿紋，以防萬一！

「君兒，我會在妳身邊陪著妳的。」戰天穹闔上眼，透過他和君兒彼此的精神聯繫，邊感應君兒靈魂的狀況，邊向她傳遞著自己支持與鼓勵的意念。

「戰天穹，如果君兒有任何情況，立刻通知我。」巫賢語氣嚴肅的交代，隨後用眼神示意牧非煙將君兒的靈魂放入身體中。

牧非煙輕點頭，解除了托著君兒靈魂的星力，讓那團靈魂光球緩緩的下落，沒入了飄浮在半空中的少女身軀裡頭。

巫賢一手召出「命運咒書」，另一手在君兒腹部上有一段距離的地方，利用巫族法術的力量，凝聚光流憑空重新繪製一枚蝶翼圖騰——那便是過去將君兒的靈魂穩固在身軀裡頭的靈魂椿紋！

巫賢顯得有些戰戰兢兢，他深怕毀滅意識會在此時干擾君兒靈魂回歸身體的情形；然而他儘管情緒緊繃，手邊動作卻是精確無誤。

當圖騰的最後一筆紋路勾勒完成，巫賢不由得鬆了一口氣。他低低吟唱起巫族法術的咒語，將那懸浮在君兒腹部上的蝶翼圖騰緩慢下壓——直到碰觸到君兒光潔平坦的小腹，開始了漫長的烙印過程。

此時，卻是異狀突生。

君兒的身軀先是一僵，然後開始顫抖。她神情痛苦，似乎在強忍著某種難忍的極刑。

巫賢一驚，「是排斥反應！君兒，忍一忍，烙印需要一段時間；戰天穹，支持君兒，不要讓她的意識陷入昏沉，這個時候毀滅意識很有可能會取而代之的醒過來！」

戰天穹沒有答話，此刻他正專注著向君兒傳遞著鼓舞的意念，不敢分神。他可以感覺到君兒的靈魂在回到身體以後，當巫賢的樁紋烙上之時，她的靈魂遽然傳來痛楚的感受，但同樣的，君兒那令人心疼的堅強隱忍也一同傳進了戰天穹心底。

這不禁讓緊閉雙眼的戰天穹握緊了拳，恨不得自己能代替君兒承受那樣的痛楚。只是此時他唯一能做的，就只有陪在她身旁了……

羅剎焦急萬分的聲音傳了過來：「父親大人，不好了！我推算出星辰淚火的降臨時間了！」

巫賢頭也不回的嚴肅詢問：「提前多久？」

羅剎語氣慌張的回道：「星辰淚火將會提前在一個月以後降臨，主要的衝擊區域座標是……！」

「一個月？又提前了！煙兒，幫忙查探一下星辰淚火降臨的座標位在何方，靠近哪裡？」他此時正忙著刻劃靈魂椿紋，不能分神。

牧非煙很快就動作了起來，在得出答案以後臉龐瞬間蒼白了起來。

「全部都分布在非常靠近龍族領地的位置！」

「混帳！一切都亂了，X的！」巫賢忍不住口爆粗話，然後向羅剎說出一連串的指示。

「通知所有守護神進入最高戰備狀態，要他們在十五天以內完成所有的戰前準備！同時大量抽取宇宙中的星力進入神陣做戰爭儲備——」

就在巫賢下達命令之時，此時正專注著透過和君兒的精神聯繫感應君兒情況的戰天穹，忽然聽到一道陌生的聲音在他腦中響起，並且詢問——

『究竟是為什麼，讓你們這麼執著於超越宿命、違抗命運？』

戰天穹還來不及反應，一瞬間，他的意識被無盡的黑暗所吞噬！

君兒同樣聽到了這聲問句，也同樣被拉進那片無垠黑暗之中。她本來痛苦的表情與身軀顫抖的狀態全都停止了，神情猶如熟睡嬰孩一樣的輕鬆安詳，竟是被不明的力量強制進入了沉眠狀態。

透過精神力支持著她的戰天穹也受到連帶影響，他本來站得筆直的魁梧身軀忽然毫無預警的跪倒在地，跟著君兒一起莫名的昏了過去。

「君兒？戰天穹？！煙兒，看一下他們的情況！」

巫賢無法分神去檢視他們的情況，只能眼睜睜的看著兩人忽然前後陷入昏迷，那令他內心一沉，直覺似乎又發生了什麼意外事件。

牧非煙趕緊上前張口呼喚兩人，同時使用符文技巧檢查兩人狀況。

「阿賢，不行！他們的意識陷入極其深沉的沉睡之中，沒辦法強制喚醒。怎麼會這樣？」牧非煙顯得有些驚慌失措。

這時，君兒額間忽然閃現了她的那枚蝶翼圖騰——

只是，過去那枚燦亮耀眼的蝶翼圖騰，此時竟開始以一種緩慢的速度染上突兀出現的異常紫紅色澤。

「這、這不可能！」看著君兒圖騰上的異狀，巫賢驚怒不已的咆哮出聲：「明明是淚火降臨才開始的覺醒時刻，為什麼現在就開始了!?」

奈何他正進行著君兒靈魂椿紋的刻劃任務，不能任意停止，否則可能會創傷君兒的靈魂。而在場其他兩人又沒有更動命運的力量，只能眼睜睜的看著君兒在方回歸身體之時，也一同進入魔女的覺醒時刻……

「父親大人，霸鬼的意識應該是跟著君兒的意識一同進入覺醒考驗裡了，有他和魔女同樣頻率的靈魂存在，君兒一定能夠撐過魔女的覺醒考驗的。」羅剎停下手邊工作，檢查了一番戰天穹的情況，要巫賢放心。

「我是不擔心戰天穹，我只是擔心宇宙意識還想動更多手腳……」巫賢神情凝重，「此次魔女覺醒的時間太早了，君兒的靈魂和身體都還沒穩固下來，完全出乎我的觀測。我唯恐宇宙會降臨更多的不幸到君兒身上，就如辰星那時……」

只是相較於巫賢兩夫妻的緊繃情緒，羅剎卻是冷靜許多。

這段時間他跟在君兒身旁，看著她用著堅強與正面的心性成長、學習、突破困難。君兒擁有牧辰星所沒有的堅強心靈，再加上有始終默默守護在她身旁的戰天穹陪著，相信君兒一定能夠度

過此次的難關！

但，如果「戰天穹」這個人未曾出現在君兒的生命之中呢？

君兒的生命，將會變成怎麼樣的一幅光景，恐怕誰也無法預料。

Chapter 163

如果我們未曾相遇

雲層傳來陣陣雷鳴，轉瞬就下起了傾盆大雨。

忽然進入這處場景，令戰天穹有些不明所以。

「……這裡是？」

眼熟的灰色巷弄……這裡似乎是他和君兒第一次在原界初遇的那處巷弄？

戰天穹抬起手，想要接住天空滴落的雨滴，然而雨水卻穿透了他的身軀，這不禁讓他為之一愣，他感受不到雨水打在肌膚上的感受！

仔細感覺，他連自己體內的星力也感覺不到？！

急促的奔跑踏水聲從巷弄一頭傳了過來，戰天穹下意識看向該處——一名黑色短髮、年約十四來歲的少女頂著雨水跑了過來，她像是在逃離什麼似的，神情有些驚慌。

「君兒！」看著那張熟悉卻又比起記憶青澀許多的少女容貌，戰天穹驚喜的呼喚著，就想上前迎接。

但奇怪的是，少女似乎完全沒有聽到他的聲音，也像是沒有看到他似的，竟是奔進戰天穹懷裡——然後穿身而過。

戰天穹張手擁抱的動作僵立當場。

「這是怎麼回事？」戰天穹立即察覺到不對勁。

這處巷弄是他和君兒第一次相遇的那處所在，只是為何他明明在此，君兒卻恍若未見？

戰天穹的視線追著奔跑離開的君兒看去，他發現到了，在他們原本應當相遇的所在，他不在，君兒也沒有遇見他……

「這莫非是毀滅意識在扭曲君兒的記憶？」

戰天穹的臉色轉為鐵青，趕緊追了上去。

只是無論他怎樣呼喚，君兒都充耳不聞；無論他想要阻攔君兒或者是擁抱她，卻都總是穿身而過。他就像幽靈一樣，無法碰觸亦無法讓君兒注意到他。

戰天穹也注意到了，自己似乎無法離開君兒超過一定距離，一直有道無形的力量將他推回君兒身邊。這使得他只能眼睜睜的看著君兒重複昔日初遇那時所遭遇的一切。

在趕回家時被埋伏的皇甫世家黑衣人捕捉、迷昏帶離；住宅遭人縱火毀壞；君兒當日已先離世的爺爺被直接燒成灰燼。

而他，未曾出現。

這不禁讓戰天穹懊惱這個世界中的「他」此時在何方，為何沒有出現於此？

忽然間，陌生的聲音開口說話了。

『為什麼魔女要背叛使命？又是什麼讓你們這麼執著於超越命運？』

「誰？！」戰天穹神情一肅，卻找不到聲音的來源處。那聲音似乎迴盪在整個世界裡頭，讓他難以辨識方位。

「該死，是毀滅意識嗎？」

那聲音沒有回答，說起了另一件事：『和魔女擁有同樣頻率的存在，你是魔女此生堅強意念的支柱，而你則將魔女視作內心唯一光火。如果這樣重視彼此的你們未曾在此時相遇，你們的未來是否會變得有所不同？』

神秘聲音的問題讓戰天穹心生困惑。

昔日聽巫賢講述牧辰星覺醒成「終焉魔女」那時的過程，似乎牧辰星是被循序漸進的引導走向絕望，最後意念臣服了毀滅意識。

明明星辰淚火還未降臨，君兒的考驗卻已經開始了？只是，聽那神秘聲音的發言，不單純是想要指引君兒走入絕望，似乎又另有目的？

此時他身處的場景，是否就是君兒在覺醒魔女時將要經歷的考驗情況？或許是因為與牧辰星不同，君兒擁有較強的堅定意念，毀滅意識無法引誘她走入絕望，所以才透過這樣的形式，將「他」從君兒的經歷中移除，好動搖君兒的堅定信念嗎？

「可惡……」

戰天穹一個咬牙，懊惱於自己的無能為力。

雖然巫賢有說過，若他這個和君兒擁有相同靈魂頻率的人，與她一起面對考驗的話，就能夠協助君兒完成考驗，並且超脫魔女必須毀滅世界的宿命，但此時的他既碰觸不了君兒，聲音也傳不進她耳中，這樣的他如何幫助君兒？！

戰天穹束手無策的看著被迷昏的少女被黑衣人帶回了皇甫世家，被那惡劣家族擺弄命運。

他只能靜靜的看著、陪著君兒經歷一切。看著她受委屈、看著她在夜晚時伏在枕頭上低聲哭泣、看著她堅強冷靜的面對旁人的惡言與捉弄……

戰天穹注意到了一件事。

君兒就算沒有他也同樣堅強，只是每晚獨自一人時哭泣的時間變多了。

認知到這點，戰天穹驀然鬆了一口氣，內心卻不知怎的浮現幾分酸楚。

「君兒，如果我們未曾相遇，也請不要忘了這份堅強。」

看著君兒的成長，戰天穹忍不住會思考，如果自己當初沒有依羅剎所言，前來尋找擁有星星之眼的人、沒有遇見君兒的話，他的未來會變成什麼模樣？

想起自己在初遇君兒之前的死寂心理，戰天穹不敢去想，如果君兒沒有出現在他生命中的可能性……那想必是個極其晦暗負面、沉重壓抑的未來。

此時，戰天穹驀然想起了靜刃最後給予的提醒。就如同噬魂過去一直表明光與暗雖然對立，卻又是相依共存的存在，他得接受黑暗才能得以完整；君兒也必須接受魔女的毀滅意識，才能發掘另一反面的力量——在這場似夢非夢的情境中，或許這就是君兒即將要面臨的挑戰。

想到這，戰天穹難掩心焦。他只能透過不停的呼喚、鼓勵、安慰，讓君兒在面臨難關時，能夠因為他的一句模糊呢喃再次振作起來。

這是他在這場「他」不存在的考驗裡，唯一能感覺欣慰的地方。

至少，偶爾他的聲音能夠傳進君兒耳中。儘管，她不知道自己是誰……

＊＊＊

另一方面，君兒也遭遇著和戰天穹類似的情況。不同的是，她跟在這個世界中，未曾與她相遇的戰天穹身旁，陪著這位「戰天穹」經歷那個可能存在的陰暗未來。

自從遇見戰天穹，互相了解彼此的心意後，偶爾，君兒的腦海中會閃過如果今天他們兩人沒有相遇的話，彼此會邁向何種未來的猜想。

然後，她總會忍不住為了戰天穹獨自承擔一切感到心疼。

她明白，這個男人對自己是如何的重要。

戰天穹曾說自己是他唯一的光輝，他又何嘗不是她最重要的生命支柱呢？

只是此時此刻，君兒只能哀傷的看著「戰天穹」經歷著沒有「她」的日子。

不知為何，君兒在聽見那神秘聲音的低語之後，轉瞬間就來到了一處不同於原先所在的地方——

——這裡似乎是另一個時空。

這個世界的戰天穹，沒有與她相遇。

他背負著累積千年的沉重，獨自一人的履行自己守護世界的承諾；在滄瀾學院裡以教官的身分，為人類培養更多強者。

只是這樣的他，每天每日，內心被更多的負面所覆蓋。

一次又一次，戰天穹因為噬魂的甦醒痛苦不堪。他死死壓制噬魂那瘋狂想要吞噬自己血肉靈魂的意念，並總是在結束這樣的痛苦之後，對自己的情況嫌惡不已。

君兒想要擁抱他，每每雙手卻總是穿過了他的身體。

這裡的君兒與另一處的戰天穹一樣，他們都無法碰觸這個世界中的彼此，只能默默的觀看、陪伴。

那個神秘聲音開口了。與面對戰天穹時的冰冷略微有些不同，聲音在面對君兒時，語氣較為和緩。

『魔女誕生於至高無上的宇宙意識，可說是這個宇宙最尊貴偉大的存在分身，為何這樣的妳，會滿足於此等尋常生命所擁有的情感，甚至想要為此違抗宇宙賦予妳的任務？』

君兒因為那聲音的問話為之一愣，卻是反問了句：「宇宙意識？那是什麼？」

她不知道魔女誕生的起源，以及宇宙意識追殺巫賢等人的情況。聲音這樣的說法令君兒有些訝異，她一直以為魔女是某種生來具有毀滅力量的特別存在，卻沒想到是來自於那什麼「宇宙意識」？

神秘聲音語氣平靜的解釋道：『那是這個宇宙的主要意識，是主宰這個宇宙的最高源頭。』

「宇宙的任務指的是毀滅世界的任務吧？不過，那和我又有什麼關係？」

君兒回答的有些冷漠淡定。她雖然能夠接受自己就是魔女的事實，但魔女的使命，說老實話，與她何干？

「既然說我是由宇宙意識直接誕生的存在，那麼我總也有決定要不要毀滅世界的權力吧？」君兒沒好氣的回應道。

這時，這個世界的戰天穹自痛苦中緩慢回復了狀態，他疲倦的站起身，繼續本來的公務行程。這男人，儘管方才遭遇那樣的痛苦，卻在回神時立刻又投入本來的工作，直讓君兒看得無比心疼。

她很清楚，戰天穹是在利用無數的忙碌麻木自己。

「天穹，等等我！」君兒追了上去。

那提出疑問的神秘聲音，也因為她的回應而陷入長長的沉默之中。

日復一日，戰天穹重複著同樣的生活。

他的生活除了批改公文、忙碌戰族的事宜、指導滄瀾學院的學生以外，就是修煉。

說句真心話，這樣的生活很無聊乏味。但君兒知道，這就是戰天穹在遇到她以前的生活，而如果沒能與她相遇，他也會一直這樣生活下去——直到意志被負面擊潰，執掌黑暗面的噬魂將他吞噬殆盡為止。

君兒陪在他身邊，想要跟他說話，戰天穹卻怎樣也聽不見她的發言，這讓她很是苦悶氣惱。她隱約察覺這或許就是羅剎所說的「魔女覺醒考驗」，但究竟是要考驗她什麼呢？是要考驗她如何在這樣的情況下，讓戰天穹振作起來嗎？還是說，這個世界的「她」也同樣經歷著沒有遇見戰天穹的生活？

君兒思考著神秘聲音先前詢問的問題，偶然想到不曉得這個世界是不是也同樣存在著另一個「她」的時候，瞬間靈光一閃，猛然了解了這次考驗的意義！

若他們彼此未曾在她年幼那時相遇，或許可能會在未來相遇？而當他們在未來相遇時，又會是以什麼樣的角色、情境相逢？又是否能夠再一次因為對彼此靈魂的熟悉感而被對方所吸引，然後互相愛戀呢？

莫非，是要考驗他們彼此的感情？

「這麼做到底有什麼意義？」君兒困惑的自言自語。

『因為那個人類的靈魂很特別。』神秘聲音回答了她的問題。

『魔女誕生於宇宙意識，可以說是獨一無二的存在。但這個宇宙卻又自然孕生了與魔女靈魂同頻率，能夠互相吸引、共鳴的靈魂，也因為這樣的存在，才會使得魔女想要違抗命運……既然他與妳靈魂緊密相依，那麼，這次，就由他來代替妳接受命運的考驗。如果，他能在沒有妳支持的情況下，超越自己黑暗面的話……』

神秘聲音沒有把話說完，留下了一個耐人尋味的結尾。卻令君兒震驚不已，瞬間替戰天穹擔憂起來。

「你說什麼?魔女的覺醒考驗不是應該要考驗身為魔女的我才對嗎?考驗天穹做什麼?!」

戰天穹是個看似剛強，實則內心脆弱的男子。

是因為他們彼此相愛，戰天穹才鼓起勇氣接受黑暗面的噬魂得以成就己身；但如果他們未曾相遇，恐怕戰天穹直到死，也不會想要接受自己的黑暗面吧。

宇宙意識的這一步棋不得不說十分惡劣。

或許是明白憑著自己的堅強，君兒得以戰勝負面，便將主意打到了與君兒擁有相同頻率靈魂的戰天穹身上。

巫賢本以為戰天穹能夠協助君兒超越命運，卻沒想到宇宙意識卻反過來利用了戰天穹！

此時的君兒唯一能做的只有祈禱了。

「拜託，天穹，就算我們未曾相遇，也請不要放棄自己……」君兒難掩焦慮的看著眼前正忙碌著公事的戰天穹。

然而，正如巫賢所說的，宇宙永遠不會如你所願……

Chapter 164

被命運操弄的相逢

儘管君兒沒有繼承來自於巫賢那屬於巫族逆天改命的天賦能力，但這份力量以心靈的方式呈現了——君兒的性格擁有挑戰命運、永不向逆境低頭的特質。

然而，也是因為此次新生的君兒擁有這樣的性格特質，註定了她在逆境中只會越挫越勇；難以從心靈的角度擊潰她，於是宇宙意識將主意打到了戰天穹頭上。

這個世界的「戰天穹」命運被宇宙意識大肆更動了。

在他接觸魔陣噬魂並被噬魂意識寄體後，羅剎不但沒有因為魔陣的異狀甦醒過來，反而還持續沉睡著，直到君兒被巫賢和牧非煙從過去送達此刻的時間也都沒有醒來；滄瀾學院最後由戰天穹獨自創辦，因此他得承擔更多的責任與壓力；戰天穹不認識卡爾斯，少了那與他肝膽相照、同病相憐的摯交友人；養子戰龍沒能成為守護神，而是戰死沙場；戰族人始終不能諒解他千年前的所為……

羅剎、卡爾斯、戰龍，這些角色在君兒出現以前，是戰天穹少數的幾個心靈寄託。沒有兄弟朋友的陪伴、得不到親人親友的諒解，這是這個世界的戰天穹步入絕望的重點關鍵！

君兒只能含著眼淚，看著「戰天穹」一日比一日冷漠，用比起過往更加冷硬的態度面對世界。

這次，「戰天穹」為了前往某個新界大城進行考察，他穿戴上那身極具標誌性的紅黑斗篷，拉上兜帽遮掩容顏，獨自出行。只是此時，就算他已經盡量收斂那令人感覺恐懼的氣勢，卻還是讓每一位靠近他的人不由得膽顫心驚。

此時的「戰天穹」，內心已然因為噬魂的異常覺醒處在崩潰邊緣。只要突發一件任何超出他心靈承受的事件發生，他將永遠淪陷黑暗，被心魔掌控心靈。

而這個世界的「君兒」，也將要出發前往「戰天穹」的目的地。

這是一場被命運操弄的相逢……

戰天穹跟在「君兒」身旁，看著她在皇甫世家裡順利的和緋凰等人搭上線、趁著皇甫與慕容兩家聯姻時使計逃出了皇甫世家，卻意外的被早早埋伏等候於此的九天醉媚成員——塔萊妮雅救援了！

塔萊妮雅曾是皇甫世家逃離的大小姐之一。她們暗中截住了「君兒」等人，並且給了她們一個更好的出路與未來——加入九天醉媚！此時，「君兒」等人對九天醉媚並無深入了解，便在同為皇甫大小姐的塔萊妮雅勸說下，加入了九天醉媚。

很快的，「君兒」等人的才能就在組織中獲得重用，也得到了精英等級的培養與待遇。只是「君兒」並不滿於受制於組織，私下思索著脫離組織的念頭，想要闖出一條屬於自己的道路。她同樣的堅強、同樣的執著於力量，並且完全掌握了自己蝶翼圖騰所帶來的符文凝武技巧。

成長後的「君兒」等人接到了組織的命令，被外派前往某個新界大城執行組織任務。她們佯裝成外出旅遊的女子團隊，混跡人群之中……

這也是這個考驗世界裡頭的「君兒」和「戰天穹」的第一次相遇。

儘管這個世界的他們還不認識彼此，但真正的君兒和戰天穹卻怎樣也無法忽略人群中那再熟悉不過的身影！

「戰天穹」本來就是身形挺拔的男性，穿戴斗篷、拉起兜帽，再加上那一身迫人氣勢，實在令人難以忽略；「君兒」正值青春活潑的年紀，純黑色少見的髮色與眼瞳也格外引人注目。

不知怎的，雙方忽有感應似的看向彼此方向的所在……

猩紅如血的眸子與黑得深邃閃動星光的眼對上了。

考驗世界的「戰天穹」沒有羅剎指引，不知道尋找擁有星星之眼的存在對他有多大助益，然而，他體內早已甦醒並且試圖掌控他意識的噬魂卻認出了「君兒」是誰！

那再熟悉不過的感覺——是他的摯愛，牧辰星的靈魂感覺！

就在兩人彼此目光交會瞬間，宇宙再一次更動了他們的命運聯繫……

因為噬魂終於再遇辰星而情緒激動的暴走，「戰天穹」再難壓抑噬魂的狂暴情緒，一時間，兩股意識在腦中爆發衝突，「戰天穹」始終控制得極好的力量隨之傾洩而出。

血紅色的海洋突兀出現，並且瘋狂的向外擴散。這突來的異狀引來人類的恐慌混亂。

整座大城忽然被慘叫與哭號覆蓋。奔逃中的人雙腿被血海腐蝕，軟倒在那無盡的紅色海洋之中，連白骨都融成了血海的一部分。而距離「戰天穹」近在咫尺的「君兒」與其朋友們，首當其衝遭遇了災難！

「君兒」哭喊不停的試圖救援朋友，但戰天穹的血海之威，卻讓她熟悉親近的友人們——緋凰、紫羽、蘭三人，幾乎只在幾個呼吸間，就在絕望與哭喊聲中，消融在血海之中，再無聲息。

而「君兒」本身因為其靈魂的特殊性以及蝶翼圖騰而免疫噬魂詛咒的力量，她成了這場血海之災中，唯一能夠活著走出去的存在……

真正的戰天穹完全看傻了眼，他顫抖著唇，不敢相信這種荒謬的事情竟然發生在自己眼前！

起先他看見自己時，本以為這個世界的「君兒」終於能和這個世界的自己相逢了，沒想到……

另一方面，君兒同樣震驚心痛。她清楚「戰天穹」一定是受到了噬魂的影響，再加上長年壓制的壓力崩潰，才會導致一向控制力強悍的他全面失控。更沒想到，這個考驗世界的她竟然會因此失去最好的友人！

在彼此都未曾見面的情況下，這已然造成了兩人未來將會處於敵對角度的絕望局面！

奇怪的是，儘管就在身旁附近，真正的戰天穹與君兒卻都無法看見彼此。

待「戰天穹」終於從意識混亂中回神時，四周已然陷入一片血海之中。這無疑對他疲倦不堪的心靈造成了嚴重打擊——千年的壓抑與疲倦，終於使得他對於自己身負噬魂詛咒感覺到了絕望！

深入骨髓的絕望！

又一次的失控，意味著他這位「凶神霸鬼」將會再一次的受到世界與其他守護神的譴責！

只是這一次的情形不同以往，在一望無際的血海之中，一位跪倒在海洋上卻沒有被血海吞噬的少女站了起來。對方那雙綴著無數星光的黑眸有著仇恨的光火。

朋友被殺於眼前的事實蒙蔽了「君兒」的心靈，她絲毫不懼「戰天穹」的實力之高，直接使出了渾身解數的力量朝「戰天穹」攻了過去！

「怪物，把緋凰她們還給我！」

當「君兒」喊出這麼一聲來時，兩個戰天穹都不約而同的顫了顫身子。

可即便如此，「戰天穹」身為絕世強者，自然有其尊嚴所在，不可能隨意任「君兒」這麼一位弱小的存在傷害自己，他輕易的壓制住攻擊自己的「君兒」。

「混蛋！我一定要殺了你，替緋凰她們報仇！」被「戰天穹」壓制住的「君兒」憤恨不已的怒喊著，眼眶有淚卻是強忍著不讓自己在敵人面前淚流。

「戰天穹」愣愣的看著這位千年以來，第一位能夠抵禦自己血海攻擊，似乎也能夠免疫自己噬魂詛咒的少女，意識到她眼中的堅定執著，那炙熱的仇恨光輝，不知怎的，忽然讓他有種感覺……

或許只要給這位少女時間成長，她真的能夠殺了他也不一定？

因為長年背負噬魂詛咒以及自我譴責，「戰天穹」真的是累了——反正無論他再付出、再努力，都不會有人諒解、接受他了，他終究只是個怪物。

於是他笑了，瘋狂的，笑了。

「好，如果妳有本事的話，我等妳來殺！」「戰天穹」本來沒有表情的臉龐上，浮現了濃濃

的挑釁。

這是一場錯誤的相逢，一場被命運刻意操弄的相逢。

本來相愛的兩人，因為命運軌跡被修改，成了不死不休的敵人……或者該說，是「君兒」單方面的將「戰天穹」列為了生死仇敵；而「戰天穹」則帶著幾分決然自毀的情緒，等著「君兒」成長起來殺死他。

兩人第一次相遇，「君兒」失去了摯交好友，「戰天穹」則終於徹底崩潰絕望。

然而，真正的戰天穹能夠明白考驗世界的「戰天穹」的心情。這番共鳴的感受，直讓戰天穹痛苦不已。而此刻的他，只能盡自己所能，陪伴在失去了好友而跪地嚎哭的「君兒」身旁。

另一方面，君兒則已然心痛的淚流滿面，她跟在「戰天穹」身旁，看著他崩潰卻只能束手無策。過去的戰天穹是位渴望愛卻又不敢輕易接觸愛的男子；而這個世界的「戰天穹」，在這次的事件之中，因為那與他靈魂共鳴的另一位存在表露出了仇恨之心，而成為了拒絕愛的存在……

他不再相信愛。

他的這份決然飽含著他對世界與自己強烈厭惡的情感，驅使著他對這個不公平的世界展開了報復。

「凶神霸鬼」在世界掀起了一場可怕的動盪。兩大異族還未展開他們的攻擊，魔女也還未甦醒，「戰天穹」就幾乎以一己之力完全毀滅世界。

然而，他僅僅只是象徵性的毀滅了新界上的幾座大城便銷聲匿跡，暗中潛伏到了那位揚言要殺死他，讓他心生異樣情感的少女身旁……默默的關注「君兒」的成長，甚至不惜暗中出手相助，期待著這位少女終能成長到足以殺死自己的那天到來。

若本來應當相愛的兩人以敵人身分面對，那麼他們的靈魂是否還能夠彼此互相吸引，又能否放下恩怨情仇相愛攜手呢？

這就是，宇宙意識給予君兒和戰天穹的殘忍試煉……

＊＊＊

巫賢終於在君兒和戰天穹昏迷三天以後，完成了君兒腹部上靈魂椿文的刻劃。好在君兒的靈魂意外痊癒，讓這本來預期要七天的刻劃工作整整提前了四天完成。

這三天巫賢完全沒有離開君兒身邊，不眠不休的維持著消耗極大的巫族法術，現在神情已然憔悴疲倦。然而他還是持續使用巫族法術，想要觀看君兒的命運軌跡。君兒的命運軌跡仍然模糊不清，只是此時隱約能見君兒的命運似乎與戰天穹有了重大聯繫。

巫賢在摸不著頭緒的情況下，這才想到了，自己似乎未曾閱覽過戰天穹的命運軌跡。可當他閱覽戰天穹命運軌跡之時，他本來已經蒼白的臉色另外染上了驚怒與恐慌。

「混蛋！宇宙意識、宇宙意識竟然——！」

「父親大人？」羅剎本來正在進行工作，因為巫賢的怒吼聲，嚴肅的臉龐不由得一愣。在一旁照看此時飄浮在神陣中心的戰天穹與君兒兩人的牧非煙，忍不住關心問道：「阿賢，怎麼了嗎？」

「命運被更動了！這一次君兒的命運牽扯進了戰天穹這個變數。」

「我剛剛看了戰天穹那傢伙的命運，意外的看見了幾個格外顯眼的命運軌跡走向——我都忘了戰天穹這傢伙擁有與魔女相同頻率的靈魂，實力又與我不相上下……哼，雖然我不想承認，但只要給戰天穹時間，以他那穩扎穩打磨練出來的可怕基礎與強悍意志，他絕對可以成為比我更強的存在！若是戰天穹內心陷入絕望，被宇宙意識趁虛而入操弄控制的話，不用君兒成為『終焉魔女』，崩潰的戰天穹一個人就得以毀滅這整個世界！」
巫賢面露猙獰，重重的闔上了手中的「命運咒書」，金色的眼眸冷酷的掃向飄浮沉睡在神陣核心中的戰天穹身上，眼神竟是閃過一絲隱晦的殺機！
他由閱覽命運後的結論推測而出，猜想此時宇宙考驗的對象已經不是君兒了，意味著只要在此時殺死戰天穹的話……辰星、不對、是君兒，就能夠完全超越命運了！只不過，是建立在戰天穹之死上頭的超越。
但這樣的念頭因為驀然想起了辰星最後對噬魂的低語而轉瞬即逝。
他不知道宇宙會給戰天穹什麼樣的考驗，但一想到今生的君兒一如前世辰星最後的許諾那樣，深深愛著噬魂、也就是戰天穹的時候，因為不忍這位他未曾照護過的女兒就此對他這位父親心灰意冷，巫賢最後決定了放棄殺死戰天穹。
可此時他不敢妄圖干涉兩人的命運，一旦他又試圖改動君兒或戰天穹的命運，那麼又將會有人付出不幸的代價，那樣的後果不是他想再次見到的。
「唉……」長長一嘆以後，巫賢本來冷峻的臉龐滄桑了幾許。
「阿賢，我們只能祈禱了。」牧非煙難掩緊張擔憂，她來到巫賢身旁給了丈夫一個安慰的擁

抱。「相信君兒他們吧。既然他們是宇宙中獨一無二、擁有同樣靈魂頻率的存在，那麼他們的靈魂一定存有某種不為人知的緊密聯繫，讓他們得以能夠超越時間與空間，在此時此刻，重新以人的身分再次相逢、相知、相愛的。」

一旁關注著自己兩位創作者的羅剎也是輕嘆，心裡卻在感覺巫賢放下了對戰天穹的殺機以後不由得鬆了口氣。不過面對現在的危急狀況，他們真的束手無策啊！

魔女考驗提前開始，再加上不久後就要降臨的星辰淚火，可以見得宇宙意識準備要對他們下殺手了……若是戰天穹和君兒沒能夠在星辰淚火降臨前甦醒，那麼等星辰淚火撞毀龍族領地那個區域的虛空屏障以後，龍族就可以全面入侵新界。

若是龍神出戰，而戰天穹還未醒來，就必須同時動員兩到三位人類守護神前往第一線與之戰鬥對抗，卻少了戰力抵禦其他隨之攻來的巨龍！

更別提精靈那裡的情況都還沒穩定下來呢，靈風那傢伙更是下落不明。此時此刻，哪怕有一位精靈王站出來統帥餘下的精靈，無論敵友，多少能夠盡速加快精靈戰線的統一。

危機迫在眉梢，而這場戰爭中，影響最大也最重要的兩人，卻身處局勢未明的考驗之中，沒能醒來。

Chapter 165

絕望深處的微光

考驗世界的變化遠遠出乎戰天穹與君兒的預料。

「君兒」因為在組織中小有名氣，竟意外的得到了「魅神妲己」蘇媚的關注。然而蘇媚只是利用她，將她當作了自己實驗模擬魔女之力的實驗品！

此時，世界上竟也流傳出了與魔女相關的傳言。

「君兒」多少從傳言的內容中猜出，自己就是世人覬覦力量的那位神秘魔女，也意外得知蘇媚的目的。

本來她是打算向蘇媚學習，可是為了隱瞞自己的魔女身分，不得不從蘇媚的實驗計畫中逃了出來……

沒想到，無處可去的她，竟然再次遇上了「戰天穹」！

就在崩潰以後，「戰天穹」的意念開始由噬魂的負面情緒主導，但唯一可以確定的是，噬魂愛著辰星的意念，同樣影響了「戰天穹」。

「戰天穹」用一種極其矛盾的心情，出現在「君兒」眼前，並對那位以仇怨目光看待自己的少女，說出了她意想不到的發言。

「如果妳想要力量，我可以幫助妳。」

「君兒」一愣，卻忍不住大笑出聲，顯然沒料想到她的生死仇敵竟然會主動現身說要指導她？

「你就不怕我有了力量之後反過來殺死你？」

「殺得了我最好，殺不了我的話……那我就將妳生命中最重要的人，一個一個殺死在妳眼前。」「戰天穹」冷酷一笑。

而為了成長，無論是哪一個君兒都做出了同樣的決定——她們不會放過任何可以讓自己成長的可能性，哪怕是由自己的死敵親自指導自己！

殘忍且漫長的訓練開始了。

真正的戰天穹和君兒都忍不住一嘆。

戰天穹是為了考驗世界中的自己而感嘆。他在殘酷的鍛鍊「君兒」時，卻又忍不住因為她的堅定與執著暗自傾心；但彼此註定無法在一起，得不到愛，就用另一種極端的形式讓這位少女深刻的記下自己。

看到這裡，戰天穹不禁對這場考驗中彼此的未來感到了絕望。

而這，正是宇宙意識要的……祂真正的目的只是要透過這場如夢似幻的考驗，進而去影響真正

的戰天穹，只要他對這場考驗的結局感到絕望時，就是他被絕望與負面操控，代替魔女毀滅世界的時刻！

君兒跟在「戰天穹」身邊，多少能明白此時的他是用著什麼樣的心情訓練這個世界的自己。那是多麼絕望的心情啊？一方面因為彼此靈魂的熟悉感受而受到吸引，另一方面看著她仇恨的目光，明白自己已無力回天，那麼就讓她更恨自己一分，期許著最後自己能終亡在她的手下……

「天穹，不要放棄自己啊！」

君兒淚光滿盈的在「戰天穹」身旁呼喚著，可是內心被黑暗覆蓋的他，早已聽不進她的任何呼喚。

然而，這個世界的「君兒」與真正的君兒一樣，看穿了「戰天穹」這個男人掩飾的脆弱。但只要她內心升起一絲對「戰天穹」的心疼情緒，就會感覺到自己的背叛。

緋凰等人最後的結局，無時無刻的提醒著她，眼前這位毫不保留指導自己的存在，是她的仇人！

明知這是為了考驗製造出來的情境，但戰天穹仍是受到了影響。

可戰天穹不知道的是，他內心的想法正暗中影響的這場考驗世界中的「戰天穹」——他越絕望，「他」表現出來的情緒反應就越強烈。

直到許久之後，「君兒」終於完美的掌握了魔女之力，擁有和「戰天穹」相等的實力。他們兩人來到了新界以外，在宇宙中準備決一死戰。

看著這眼熟的星空，君兒和戰天穹有種看見牧辰星與巫賢、牧非煙對決在地球星空上的錯覺。他們無力介入這場考驗世界，只能眼睜睜的看著彼此在考驗世界中的分身相愛相殺。

這場戰鬥是殘酷且瘋狂的，兩人幾乎就像是傾盡了一切想要殺死彼此。

而戰天穹看著自己傷害考驗世界中的「君兒」，內心痛苦不堪。

只是在最後一刻，真正的戰天穹卻從激動與痛苦的情緒中平靜了下來；而就在他冷靜之時，考驗世界中的「戰天穹」揚起了一抹笑，鬆懈了防備，任由「君兒」一劍洞穿了他的心口，而他也同時重創了君兒。

此時的彼此再無力氣繼續戰鬥，剩餘不多的生命力正在流逝，誰也逃不過死神的掌心。

「戰天穹」輕倚上了君兒染血的肩頭，神情哀傷的笑著；「君兒」雖然因為仇恨已報感到釋

然，但神情與敵人同樣的哀傷痛苦。

「戰天穹」咳出一口血，靠在君兒肩上低低的開口了：「如果，我們不是用這樣的形式見面的話，未來是否會有所不同？」

他顫抖著伸出就快失去力氣的雙手，輕輕的，擁住了那朝思暮想的少女。感受懷中的柔軟，內心彷彿安寧了下來。

「雖然這是一件愚蠢至極的事情，但我還是要說……能死在妳的手裡，我很幸福。」

「我想，我愛妳……」

「君兒」聽著「戰天穹」的話語，儘管未曾回答，但臉上的表情卻已答案昭然。深重的絕望擴散。

戰天穹靜靜的看著這樣一幅畫面，隨後用一種瘋狂、深沉的猶如考驗世界中走火入魔的「戰天穹」一般的笑聲，張狂的笑了起來。他抬手以自己的星力抓握出了一把猩紅色的惡鬼戰斧，神情變得陰沉邪氣。

就在這一刻，真正的君兒忽然得以看見真正戰天穹的形影，只是戰天穹此時的神情卻令她為之一驚。

戰天穹似乎仍無法看見君兒，他用著冷酷的眼神遙望著考驗世界的上方星空。

神秘聲音忽然開口了，用一種淡漠的語氣發言道：『考驗失敗。』

祂的聲音響徹整個宇宙空間，讓戰天穹和君兒都聽得一清二楚。

聞言，君兒瞬間被驅離了考驗空間，留下戰天穹與宇宙意識單獨面對。

＊＊＊

君兒被考驗空間驅離之後瞬間轉醒，額上的蝶翼圖騰也在瞬間染上毀滅之力特有的紫紅色澤。

「君兒？！」牧非煙驚喜萬分的看著甦醒過來的女兒。

然而君兒沒時間理會母親，而是在甦醒後第一時間就撲進了一旁與她同樣飄浮在神陣中心的戰天穹懷裡，神色緊張的檢視他的狀況。

考驗失敗——這意味著戰天穹將會代替她，成為被絕望與毀滅意識操控的宇宙仲裁者！他將代

替魔女履行毀滅世界以及抹殺罪人存在的任務！

「君兒，妳還好嗎？」巫賢神情焦急的看著君兒，他目光凝重的落在君兒額上閃著光輝、卻染成紫紅色的蝶翼圖騰上。

君兒神情痛苦的給出了回答：「我沒事，只是考驗……失敗了。」

巫賢眼角一抽，他見君兒能保有自己的意識清醒，但戰天穹仍舊昏迷，直覺告訴他，戰天穹出事了。

他頓時神色一冷，召出「命運咒書」，冷聲警告君兒：「女兒乖，讓開。如果戰天穹被毀滅意識控制，就得趁著他還未甦醒時殺了他！要不然等他醒來，我們都會死的！」

他很清楚自己賦予了噬魂怎麼樣的力量，更別提戰天穹此時擁有著與他相差不下的實力，若是戰天穹失控暴走，失去理智所爆發而出的力量更是遠遠高過於他！

君兒先是一愣，她見巫賢臉上浮現敵意與殺機，頓時秀眉輕蹙，用行動表明了她的決定。

就在巫賢話語方落的剎那，她便直接解放了蝶翼圖騰的力量，召出符文雙劍，擺出了防禦姿態。儘管靈魂剛重回身體，還有些操作不靈活，但她的眼神格外堅定。

「……要殺他，你得先踏過我的屍體。」君兒冷冷發言。

巫賢修長的身軀顫了顫，面露痛苦，卻是沒有任何動作。沉默蔓延，饒是牧非煙和羅剎都不知道該如何是好。

＊　＊　＊

在考驗空間裡，宇宙意識語氣冷酷的說道：『既然魔女不受影響，那麼就由你這位與魔女擁有相同頻率，又實力強大的存在代替魔女執行任務吧——』

戰天穹的神情忽然一冷，面露嘲諷的說道：「原來祢打著的是這個主意！這場考驗雖說是要考驗君兒，但實際上是想要考驗我，對吧？」

戰天穹冰冷的盯著宇宙星空，「是，若我沒能遇見君兒，這就是我的未來——我承認我的心一如考驗世界的我一樣，深受絕望影響！但就算我絕望，我也永遠記得，這只是一場考驗，而不是真正的現實！」

宇宙意識似乎因為戰天穹的發言震怒了，忽然一股磅礡弘遠的力量重重壓了下來，直讓戰天穹臉色變得鐵青猙獰。

『這場考驗已經失敗了，這個世界的你們沒能相愛，為什麼你卻沒有被絕望控制心靈？！』宇宙意識本來如機械般平板的聲音第一次有了情緒起伏，卻是憤怒與震驚居多。

「我雖然絕望，但也並不是真正的絕望。真正的絕望是連期待都沒有了，但這個世界的我並沒有放棄『期待』——就算這個世界的我們沒辦法相愛，但相信在未來、或者在其他平行次元，一定有我們相愛幸福的世界存在！而我，就是那個得以實現這份期許的奇蹟！這個世界的我與君兒奇蹟般的相遇了！我永遠不會忘記她帶給我的愛與支持。」

「其實並無真正的絕望，有的只是人的自我放棄！為了愛她，我從來沒有放棄過我自己！」

「滾吧！就算祢是這個宇宙的主宰，我也有能力傷害祢！」

戰天穹一聲怒吼，持著武器重重砍向了宇宙星空——

一聲碎裂的聲響傳來，眼前的所有一切如同一面鏡子，完全碎裂！

這場考驗儘管充滿絕望，但戰天穹心中仍懷抱著希望的光輝。而這份光輝，便是君兒潛移默化的在戰天穹心中埋下的微光種子。直到今日，他才真正從過去的絕望中走出，相信自己就是那份奇蹟！

唯有相信自己本身就是奇蹟，才得以創造奇蹟！

＊＊＊

就在巫賢與君兒僵持不下時，戰天穹緩慢的甦醒了。

所有人都屏息以待。

巫賢幾乎在戰天穹睜開眼的瞬間就想要殺死他；然而察覺到巫賢的意圖，君兒用著自己的身體死死護住戰天穹的身軀，不讓巫賢有機會傷害戰天穹。

只是出乎所有人預料的，戰天穹在睜眼以後只是伸手緊緊抱住了擋在自己身前的君兒，同時用一種有些不敢置信的聲音說道：「我沒事，我沒有被控制。」

「……什麼？」

所有人都為之一愣。

戰天穹的眼神清澈，絲毫沒有被控制者會有的瘋狂神色。他只是憂心的看著君兒額上被完全染成紫紅色的蝶翼圖騰。

「這不可能！宇宙意識不可能會出這種疏漏才對！」巫賢神色陰沉的死死盯著戰天穹，唯恐他此時的冷靜只是佯裝出來用於鬆懈他們防備的假象。

戰天穹微微一皺眉，也是不能相信自己竟然沒有被控制。他強硬的破壞了考驗空間，原以為那會是一件非常艱苦困難的事情，沒想到輕而易舉的就破壞掉了，宇宙意識也沒有多說什麼，就這樣饒過了他。

巫賢像是想到了什麼，面露深思。「宇宙之所以不操控君兒和戰天穹的意識，是不是因為『沒那個必要』？因為就算祂無法控制，祂也有把握將我們完全殲滅……！」

他冷冷的瞪了戰天穹一眼，顯然無法完全放心。

這一次的考驗來得太過突然，也結束的太莫名其妙。明明已經考驗失敗，為何接受考驗的兩人都沒有被控制？

宇宙意識究竟在打著怎樣的主意，誰也猜不透……

「天穹，你還好嗎？」君兒回身，心疼不已的看著戰天穹。

就在考驗的最後，她明白了戰天穹怕也是跟她一樣，一直跟在考驗世界中另一個自己的身旁。對於考驗世界中的「戰天穹」，以及眼前這位真正的他，相信他們一定對於那場考驗的過程與結局痛苦不已。

戰天穹看著君兒，他可以感覺到她用著溫暖的掌心碰觸自己的臉龐，不由得心情激動。他已經有很長一段時間沒能感受到君兒的體溫了，忍不住深情炙熱的望著終於得以回到身軀裡的君兒，同時揚起一抹微笑來。

「我很好。我並沒有絕望，因為我找到了絕望深處的微光——無論我們能否相愛，但我愛妳，永遠。無論我們是否為敵，又或是分隔不同的次元，我的心永遠只屬於妳……不管要花多少時間、要歷經多少輪迴、要尋覓多少光年，我的靈魂都會指引我去找到妳、愛上妳！我愛妳，我是只屬於妳這位魔女的惡鬼，宇宙意識沒那個能耐操控得了我的意志。」

兩人緊緊擁抱，而戰天穹坦言的情意讓一旁觀望著兩人的牧非煙很是感動。在這一刻，她在君兒臉上看見了辰星未曾擁有過的幸福笑容。

巫賢這時嗆咳了幾聲，目光森冷的盯著戰天穹，警告出聲：「戰天穹，如果你沒事，現在也不是讓你們甜蜜恩愛的大好時機——龍神已經正式出現了。幾天以後星辰淚火將會提前到來，破壞龍族領地的虛空屏障，到時我猜測龍族將會透過那個缺口開始入侵新界……做好戰鬥準備吧。我猜，這場戰鬥才是宇宙意識給這個世界的最終考驗！」

「或許宇宙之所以不控制你們，是因為沒有必要。看樣子，宇宙很信賴祂刻意派遣而來的龍

族宇宙仲裁者啊。又或者，祂有其他能令我們陷入絕望的準備……」

「準備迎戰吧！」

戰天穹嚴肅了表情，這才依依不捨的鬆開懷中的君兒。

兩人彼此交換了鼓勵與堅持的目光，準備迎接更大的考驗。

《星神魔女08》完

敬請期待《星神魔女09》最終精采完結篇

小嫣之冠蓋滿京華
葉坊
夢空——著
IKU——繪
六個
俊美無儔
風華絕代的
兒子
加
高齡二十二歲!?
天然呆
狐狸精
小嫣
有兒子的娘親像珍寶!
有金子撒。
有兒子疼。
有美食吃。
有孫子抱。
媽媽乖～
我們會一輩子
守著妳!(?)
9/4 誰都不准先告白的 同居生活閃亮登場!
典藏閣
不思議工作室
立即搜尋
采舍國際
www.silkbook.com
華文聯合出版平台 www.book4u.com.tw
版權所有©
Copyright 20

飛小說系列066

星神魔女08

銘刻＊星點中的微光

出版者■典藏閣
作　者■魔女星火　繪　者■多玖實
總編輯■歐綾纖
製作團隊■不思議工作室
郵撥帳號■50017206 采舍國際有限公司（郵撥購買，請另付一成郵資）
台灣出版中心■新北市中和區中山路2段366巷10號10樓
電　話■(02)2248-7896　傳　真■(02)2248-7758
物流中心■新北市中和區中山路2段366巷10號3樓
電　話■(02)8245-8786　傳　真■(02)8245-8718
ISBN■978-986-271-390-7
出版日期■2013年9月

全球華文國際市場總代理／采舍國際
地　址■新北市中和區中山路2段366巷10號3樓
電　話■(02)8245-8786　傳　真■(02)8245-8718

新絲路網路書店
地　址■新北市中和區中山路2段366巷10號10樓
網　址■www.silkbook.com
電　話■(02)8245-9896
傳　真■(02)8245-8819

☞您在什麼地方購買本書？☜

1. 便利商店（________市／縣）：☐7-11　☐全家　☐萊爾富　☐其他____________

2. 網路書店：☐新絲路　☐博客來　☐金石堂　☐其他__________

3. 書店（________市／縣）：☐金石堂　☐誠品　☐安利美特animate　☐其他______

姓名：__________地址：______________________________________

聯絡電話：______________　電子郵箱：___________________________

您的性別：☐男　☐女　　您的生日：西元__________年__________月__________日

（請務必填妥基本資料，以利贈品寄送）

您的職業：☐上班族　☐學生　☐服務業　☐軍警公教　☐資訊業　☐娛樂相關產業

☐自由業　☐其他__________

您的學歷：☐高中（含高中以下）　☐專科、大學　☐研究所以上

☞購買前☜

您從何處得知本書：☐逛書店　☐網路廣告（網站：______________）　☐親友介紹

（可複選）　☐出版書訊　☐銷售人員推薦　☐其他________________

本書吸引您的原因：☐書名很好　☐封面精美　☐書腰文字　☐封底文字　☐欣賞作家

（可複選）　☐喜歡畫家　☐價格合理　☐題材有趣　☐廣告印象深刻

☐其他________________

☞購買後☜

您滿意的部份：☐書名　☐封面　☐故事內容　☐版面編排　☐價格　☐贈品

（可複選）　☐其他

不滿意的部份：☐書名　☐封面　☐故事內容　☐版面編排　☐價格　☐贈品

（可複選）　☐其他

您對本書以及典藏閣的建議____

____

____

✌未來您是否願意收到相關書訊？☐是　☐否

✍感謝您寶貴的意見✍

印刷品

$3.5
請貼
3.5元
郵票
不思議信箱
FUSHIGI POST

235 新北市中和區中山路二段366巷10號10樓

華文網出版集團 收

（典藏閣－不思議工作室）

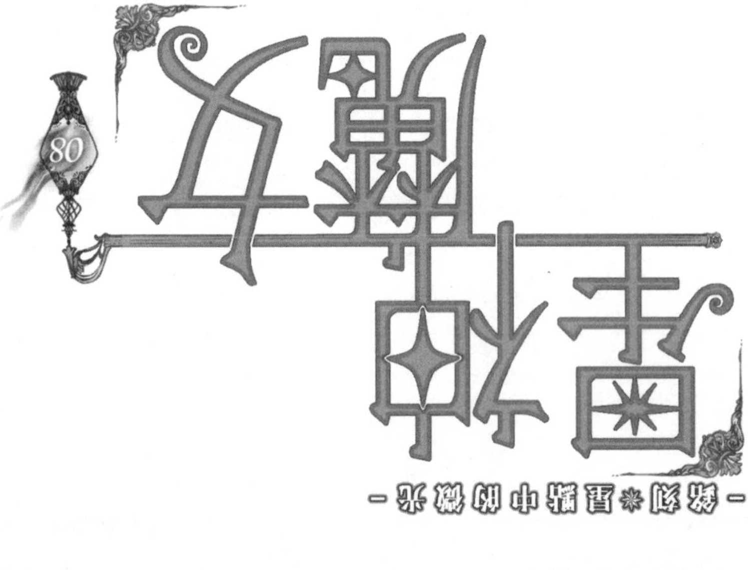